Gerd Hans Schmidt

MAUSLOCH

Engelsdorfer Verlag
Leipzig
2021

Handlung und Personen sind frei erfunden. Jede Ähnlichkeit mit real lebenden Personen wäre daher zufällig und unbeabsichtigt. Die Geschichte hat sich so nie ereignet.

Bibliografische Information durch die Deutsche Nationalbibliothek: Die Deutsche Nationalbibliothek verzeichnet diese Publikation in der Deutschen Nationalbibliografie; detaillierte bibliografische Daten sind im Internet über https://dnb.de abrufbar.

ISBN 978-3-96940-148-4

Hergestellt in Leipzig, Germany (EU)
www.engelsdorfer-verlag.de

12,00 Euro (D)

Dann war da noch die Sache mit dem Klopapier. Anfang des Jahres 2020. Die Menschen strömten in die Supermärkte und kauften alles auf, was zu bekommen war. Zehn, nein zwanzig Packungen waren es, die die Kunden in ihren Einkaufswägen nach draußen schafften. Klopapier kann man nicht essen, also schon, aber bekömmlich ist es sicher nicht. Aber warum taten die Menschen das? Hamsterkäufe? Panik? Sammlerwut? Nein, man musste irgendetwas bevorraten, irgendetwas, was billig war. Klopapier eben. Es wurde plötzlich offenbar, dass der Mehrzahl der deutschen Bevölkerung einfach die Intelligenz fehlte. Gelegentlich las man in den sozialen Medien »kauft Wein und Bier statt Klopapier«. Immerhin, ein sympathischer Aufruf. Schmitt, du denkst schon wieder an Alkohol.

Nun war es also geschehen. Wo auch immer die Bedrohung entstanden war, sie war jetzt da. Direkt vor unserer Tür, dann in unseren Häusern und überall in unserer Gesellschaft. Die Politik überschlug sich mit Statements, jeder wusste es natürlich besser. Und der jeweils andere aus der anderen Partei wusste gar nichts. Angeblich. Das Skifahren und der Karneval waren schuld. Letztlich wusste aber zu der Zeit niemand, was da wirklich auf uns zukam. Die Chinesen sollen es verteilt haben. Angeblich. Viele sagen, es ist nur eine Art Erkältung, aber einige sterben daran. Oder liegen lange auf der Intensivstation mit ungewissem Ausgang. Immerhin über 60.000 Erkrankte und etwa 600 Tote. Das war Ende März 2020. Es verteilte sich gnadenlos und schnell. Und leicht. Leichter als jede Grippe oder ein gewöhnlicher Infekt. Nachdem die Zahlen der Erkrankten zu explodieren drohten, zog man die Reißleine. Alles musste schließen, alle zwischenmenschlichen Kontakte waren zu vermeiden. Schulen zu, Unis zu, Geschäfte zu, Kneipen zu, keine öffentlichen Veranstaltungen mehr. Privat durften sich nur noch Menschen aus zwei Haushalten treffen.

Auch unser Fitnessstudio musste bis auf weiteres schließen. Andererseits kehrte eine Art Ruhe ein im Land. Die Wirtschaft setzte auf Homeoffice, die Straßen waren plötzlich leer, die Hektik geriet in Vergessenheit. Der Lärm wurde weniger und die Luft machte mangels üblicher Abgase richtig Vergnügen beim Einatmen. Man roch die Frische. Es war auch ein befreiendes Gefühl, plötzlich, Anfang 2020. Nur war die unausgesprochene Einstellung in der Bevölkerung deutlich zu vernehmen. Wenn das vorbei ist, ja wenn, dann machen wir alles so wie vorher. Ohne daraus zu lernen, ohne Konsequenzen zu ziehen. Und eigentlich gibt es das ja auch nicht, dieses Virus, alles Quatsch, alles erfunden.

Nena und ich trainieren jetzt im Freien. Das ist kein wirklich gleichwertiger Ersatz für ein durchdachtes Trainingsprogramm, aber immerhin. Die Luft ist ja reiner, der übliche Lärm fehlt und der März ist überraschend warm. Logisch, da war ja noch so eine Sache mit dem Klima, die es angeblich auch nicht gibt. Jedenfalls bei denen, die sagen »der Mensch war das nicht, wärmer wurde es immer schon mal. Und überhaupt, wegen so einem Schnupfen machen die da oben so ein Theater.«

Ich wohne mit Nena noch in der netten kleinen Wohnung in der Schiffstraße in Erlangen und wir nutzen die schöne Dachterrasse gern und oft. Unsere Liebe ist noch frisch und innig wie am ersten Tag. Im Präsidium geht alles seinen gewohnten Gang und seit den Morden in Erlangen im letzten Jahr war jedenfalls hier in dieser Stadt nichts Besonderes zu vermelden.

Das Trennungsjahr in meiner Ehe mit Ilse geht jetzt in den sechsten Monat. Der Notarvertrag ist unterzeichnet und im Dezember kann die Scheidung vollzogen werden. Ich denke nicht gerne daran und verdränge das Problem.

Meinem ehemaligen Kollegen und Mitstreiter Herbert ging es seit Januar nicht gut. Die Verletzung seines Gehirns damals durch die Pistolenkugel machte sich immer deutlicher bemerkbar. Er hatte zunehmend Probleme beim Gehen und Stehen und oft versagte der linke Arm völlig seinen Dienst. Manchmal kam er morgens nicht aus dem Bett und meine Kollegin Hannah, die ihn in seiner Wohnung pflegte, musste Hilfe holen, weil sie den schweren Körper nicht bewegen konnte. Herbert wollte keine Last mehr für Hannah sein und war in ein Altenheim mit Pflegeeinrichtung gezogen. Mit seiner Pension und der Pflegeversicherung konnte er sich das leisten. Seine Wohnung schenkte er Hannah, die sich so lange um ihn gekümmert hatte. Seinen bekannten Humor verlor Herbert jedoch nicht und ich muss mir immer seine alten Witze anhören, wenn ich ihn besuche. Mein lieber alter Herbert, du hättest einen schöneren Lebensabend verdient.

Mein Verhältnis mit Nena ist natürlich im Studio kein Geheimnis mehr. Nicht zuletzt der Weißbierschorsch hatte dafür gesorgt, dass es auch der Letzte mitbekam.

»Die Schöne und das Biest« munkelten manche. Aber da seit Anfang März sowieso geschlossen ist, wird sich das auch wieder beruhigen.

Und schon ist es Mai geworden und die bedrohliche Lage scheint sich langsam zu beruhigen. In einer Hinsicht eigentlich schade, denn das gemeinsame Training in der warmen Frühjahrssonne hat sehr viele schöne Seiten. Und es sehen uns nicht die allgegenwärtigen Neider unserer harmonischen Beziehung zu.

Es ist ein Dienstagvormittag im Polizeipräsidium in Nürnberg. Mein Chef Dr. Ruschka hat mich zu sich gerufen.

»Mein lieber Wolff, Sie wissen, dass ich in einem Jahr in Pension gehen werde. Ich möchte diese Institution hier in guten Händen wissen, wenn ich nicht mehr da bin, und habe mir über meine Nachfolge Gedanken gemacht. Es liegt sicher nicht allein in meinen Händen, einen Nachfolger oder eine Nachfolgerin zu bestimmen, aber, wie Sie wissen, bin ich gut vernetzt und kann sowohl meine Meinung sagen als auch meinen Einfluss geltend machen. Wolff, ich hätte Sie gerne als meinen Nachfolger gesehen, aber zuerst muss ich Sie fragen, ob Sie das überhaupt wollen.«

»Herrmann, da setzen Sie großes Vertrauen in mich und dafür bin ich sehr dankbar, aber ich habe doch gar nicht die Laufbahnbefähigung für den höheren Dienst. Es war ja schon ein Wunder, dass ich ohne Studium zum Ersten Kriminalhauptkommissar befördert wurde.«

»Hm, es gab damals Mittel und Wege und ich werde wieder welche finden.«

»Ich weiß nicht so recht, ich bin doch eher der Praktiker vor Ort, der Schnüffler, der ›Fuchs‹, Entschuldigung, kein Eigenlob, aber so werde ich doch inoffiziell genannt.«

»Ein Fuchs müssen Sie auch in meiner Position sein, mehr noch, Sie wissen, dass ich oft nach oben und nach unten die Krallen ausfahren muss.«

»Das haben Sie mir schon oft zu meiner Verblüffung bewiesen, Herrmann.«

»Na ja, ich wäre ja auch nicht aus der Welt, wenn es brenzlig werden sollte. Ich möchte nur verhindern, dass die Politik so einen jungen unfähigen Günstling in meine Position schiebt, Sie wissen, wie oft wir das schon erlebt haben.«

»Ja, sehr oft. Stimmt schon, wenn so einer dann unsere Kollegen drangsaliert, das wäre verdammt ungut.«

»Wolff, Sie überlegen sich das, aber bitte nicht zu lange, in einem halben Jahr muss ich die Weichen stellen, wenn Sie sich dafür entscheiden könnten.«

»Danke Chef, ich werde ernsthaft darüber nachdenken.«

Ilse begegnet mir auf dem Flur. Wir bleiben kurz stehen und sehen uns an.

»Na Wolff, bald haben wir es ja geschafft, im Dezember bekommen wir unser Papier.«

»Du weißt ...«

»Ja, ich weiß. Du wolltest es eigentlich nicht. Aber eigentlich war da wieder eine andere Frau. Wie immer.«

»Ja, ich gebe es zu. Ich habe es verbockt, ich habe es erneut vermasselt, so wie davor, so wie immer.«

»Und, bist du glücklich, ist alles in deinem Sinne?«

»Ich ...«

»Sag' nichts, ich will es eigentlich gar nicht wissen. Ach übrigens, an dem Pfeilmörder[1] bin ich dran. Das sieht vielversprechend aus.«

»Sag' Bescheid, wenn ich ihn festnehmen soll.«

»Blödmann!«

Harald ruft mich in sein Büro.

»Wolff, du hast es gehört?«

»Ich? Was?«

»Verena Westheim ist flüchtig.«

»Bitte wie?«

»Kam grad herein, die Fahndung läuft.«

»Wie konnte das passieren?«

»Der klassisch filmreife Fall. Sie lag mit Blinddarmentzündung erst auf der Krankenstation der JVA und wurde dann ins Klinikum Süd gebracht. Eine Operation war unvermeidlich. Nach ein paar Tagen sollte sie wieder zurückgebracht werden. Zwei Rettungssanitäter nahmen sie von der wachhabenden Streife entgegen, die dann hinter dem Rettungsfahrzeug herfuhr. Und dann gab der Sani Gas. Unsere Kollegen wurden samt Einsatzfahrzeug verladen, abgehängt und eine Stunde später stand dann der richtige Krankenwagen vor dem Klinikum.«

»Ich glaube das nicht, wozu stellen wir Wachen vor die Tür? Und die lassen sie dann mit den erstbesten Kaspern türmen?«

---

[1] Krimi »Zuckerrübenmord«

»Kennst doch die Kollegen, es ist ja schon eine Zumutung, wenn man vor einem Krankenzimmer Wache halten muss.«

»Klar. Aber klar ist auch, dass die kalte Verena Helfer hatte.«

»Logisch. Und jetzt haben wir wieder den Scheiß am Hals.«

»Das Anwesen am Burgberg muss sofort überwacht werden.«

»Habe ich schon veranlasst, obwohl es unwahrscheinlich ist, dass sie dort auftaucht. Ich habe auch gleich mit der Klinik telefoniert, Verena braucht noch mindestens vier, fünf Tage, bis sie einigermaßen einsatzbereit ist. Also ist sie bestimmt irgendwo untergetaucht.«

»Du weißt, wen wir beobachten müssen?«

»Den Gregory.«

»Und den Paul Pfaffenberger.«

»Den Pfaffenberger?«

»Genau den. Der ist zwar ein harmloser Typ, aber er liebt sie. Sie hat ihn zwar irgendwann in die Wüste geschickt, aber die zweite Chance lockt doch immer.«

»Das sagt Hannah auch immer.«

»Hannah?«

»Wolff, sie zeigt es nicht, aber eine zweite Chance bei dir wäre ihr schon recht. Sagt sie zumindest.«

»Wie, sagt sie?«

»Wir waren auf ein paar Bier und sie hat sich bei mir ausgeweint. Wolff, die will dich immer noch!«

»Das ist mir auch nicht verborgen ...«

»Was?«

»Ach, nichts.«

»Dann lass ich mal den Paul auch überwachen.«

»Was ist eigentlich mit dem Erbe ihres Ullrich geworden, erbt sie, obwohl sie ihn umgebracht hat?

»Ich kläre das mal ab.«

»Lass das Bettina machen, die bohrt sich da richtig rein. Konzentriere du dich mit Cem auf den Pfaffenberger und das Wohnhaus. Und lasst den Gregory hier antanzen.«

Das hat uns gerade noch gefehlt. Dieses eiskalte Miststück. Das gefällt mir gar nicht, dass die draußen ist. Die hat sich schon an ihrem Gatten gerächt und der ist alles zuzutrauen. Wer weiß, was die noch vorhat. Ich kann auf mich aufpassen, aber Hannah ist in Gefahr, die hat sie schließlich damals ausgehorcht und uns auf ihre Spur gebracht. Ich gehe zu ihr ins Büro.

»Na, der Wolff, schon gehört, was unsere Kalte vollbracht hat? Heiße Nummer, oder?«

»Gefährliche Nummer, Hannah. Sieh dich vor in nächster Zeit, das ist ein Racheengel, die Schöne.«

»Hast du Angst um mich?«

»Ich bin hier für euch verantwortlich und deswegen mache ich mir Sorgen.«

»Stimmt schon. Ich kenne Verena gut und sie kann verdammt gefährlich werden.«

»Pass einfach auf dich auf, ich muss jetzt nach Erlangen. Das Personal im Studio muss informiert werden.«

Mir gehen viele Gedanken durch den Kopf, als ich vom Großparkplatz zu unserer Wohnung gehe.

»Hallo Nena, du, wir müssen kurz reden.«

»Ist was passiert?«

»Verena Westheim ist flüchtig, raus aus dem Knast!«

»Wie das denn?«

Ich schildere den Vorfall.

»Da habt ihr aber ganz schönen Bockmist gebaut, wie blöd muss man denn sein?«

»Es gibt halt Kollegen, die nicht um zwei Ecken denken können oder wollen. Bewachung ist lästig und man ist froh, wenn jemand anderes übernimmt. Es waren halt die Falschen, die übernommen haben. Du Nena, pass auf dich auf in nächster Zeit. Ich traue der alles zu, ich habe sie schließlich in den Knast gebracht. Vermutlich hegt sie Rachegefühle.«

»Ich sehe mich vor. Und die Kollegen vom Studio?«

»Ich spreche mit dem Boss. Gleich morgen. Im Moment ist zwar zu, aber ich muss ihn dennoch informieren.«

Drei Tage später. Von der Westheim gibt es keine Spur. Bettina Saalfrank berichtet mir von ihren Recherchen. Sie hat auch mit den Juristen bei uns im Haus gesprochen.

»Also Wolff. Die Westheim ist jedenfalls im Moment rechtmäßige Erbin des Vermögens ihres Gatten.«

»Obwohl sie den um die Ecke gebracht hat?«

»Ja, das ist leider so. Da gibt es so einen Paragrafen im BGB, der die Erbunwürdigkeit regelt. Wenn der Erbe den Erblasser getötet hat, kann die Erbschaft angefochten werden.«

»Na also!«

»Nix na also. Es muss einen geben, der diesen Anspruch anmeldet, weil er deswegen als Erbe wegfällt.«

»War da nicht ein Cousin in den USA?«

»Genau. Aber der ist verschwunden. Du weißt, dass die dort drüben kein Meldesystem haben. Die haben meistens nicht einmal einen Ausweis, nur einen Führerschein. Der wird dort als Identitätsnachweis überall akzeptiert. Und jetzt halte dich fest, zum Nachweis ihrer Adresse legen sie die letzte Stromrechnung vor.«

»Jetzt hör auf. Obwohl, ich war vor Jahren in New York zum Sightseeing. Nach außen hin alles top, Glas und Stahl. In einen Hinterhof brauchst du aber nicht schauen, da hängen die Stromversorgungskabel einfach so in der Gegend rum. Der Ami baut immer nur eine schöne Fassade auf, dahinter kommen dann die Abgründe. Hat ihn jemand gesucht?«

»Das Nachlassgericht. Bei gesetzlicher Erbfolge müssen die Erben ermittelt werden. Das dauerte und die letzte Nachricht aus dem Land der unbegrenzten

Möglichkeiten besagte, dass er in den Rocky's verschollen sei.«

»Tot?«

»Weiß keiner. Aber, nach der gesetzlichen Erbfolge erbt sie alleine, erst wenn die Erbschaft erfolgreich angefochten ist, käme der Cousin zum Zug. Und so lange der die Erbschaft nicht anficht, ist sie die Glückliche.«

»Und der weiß von nichts.«

»Genau.«

»Und jetzt?«

»Geht noch weiter. Die Westheim hat ihrem damaligen Verteidiger im Strafverfahren alle Vollmachten zur Verwaltung des Erbes gegeben.«

»Wer war das nochmal?«

»Dr. Niedenbrock in Erlangen.«

»Und die darf das jetzt echt behalten?«

»So lange, bis der Cousin draufkommt. Das heißt, wenn er von dem Mord erfährt, hat er ein Jahr Zeit, nach dreißig Jahren ist dann aber endgültig Schluss.«

»Und wenn sie es verprasst?«

»Dann ist es eben weg, basta.«

»Komische Gesetze.«

»Alte Gesetze. Viele sind an die heutige Gesellschaft und deren trickreiche Machenschaften gar nicht mehr angepasst worden. Vielleicht auch bewusst nicht.«

»Bettina, die Westheim muss ja Helfer gehabt haben bei ihrer Flucht. Die kosten Geld. Und dieses Geld kann ja nur vom Anwalt gekommen sein.«

»Habe ich schon überprüft. Der war empört und beruft sich natürlich auf seine Schweigepflicht. So lange wir keinen konkreten Verdacht für eine Straftat haben, mit ausreichenden Beweisen, können wir dort auch nichts beschlagnahmen.«

»Wir beobachten ihn?«

»Puh, du weißt, Prozessbevollmächtigte beschatten, das ist heikel. Ich lass mir was einfallen.«

Dr. Ruschka kennt den Niedenbrock, natürlich, Ruschka kennt alle und jeden.

»Der ist skrupellos. Er macht sonst ausschließlich Strafsachen, und da arbeitet er mit allen legalen und illegalen Mitteln. Aber so eine Vermögensverwaltung ist natürlich sehr lukrativ, da kann man schon mal richtig hinlangen beim Honorar. Darauf kommt es ihm bei seinen Mandaten an, hohe Honorarvereinbarungen, dafür ist er bekannt.«

»Er würde bei einer Gefangenenbefreiung mitspielen, im Ernst?«

»Ich befürchte, ja. Da war mal so eine Geschichte vor etwa sieben Jahren. Er übernahm die Verteidigung eines Priesters, der einen Sechsjährigen vergewaltigt haben soll.«

»Es wurde nicht vertuscht?«

»Nein, die Eltern waren standhaft, trotz Druck der Kirche. Die soll damals mit ›Exkommunikation‹ gedroht haben, woraufhin die Eltern sofort aus der Kirche austraten und den Bischof wegen Beihilfe und des Versuchs der Vereitelung einer Straftat anzeigten.«

»Und der Niedenbrock?«

»Passen Sie auf, Wolff. Der beantragte doch tatsächlich ein psychiatrisches Gutachten ...«

»Dass der Pfarrer schuldunfähig ...«

»Nein, nein, dass der Bub hypersexuelle Neigungen hat und den Pfarrer verführt haben soll.«

»Brutal, ich bin fassungslos!«

»Das war noch nicht alles, er bedrohte die Eltern damit, ihnen das Kind wegen psychischer Störungen wegnehmen zu lassen, wenn der Bub vor Gericht auch nur ein Wort sagt.«

»Die waren nicht beeindruckt, weil die Beweislage erdrückend war. Das Kind schilderte die Tat in der nichtöffentlichen Gerichtsverhandlung, immer unterbrochen von dem Niedenbrock, der seine Drohungen offen vortrug und dem Kind den Teufel schicken wollte, wenn es seine Lügen weiter aufrechterhält. Bis der Vorsitzende Richter einschritt und erst eine Ordnungsstrafe verhängte und dann zu Protokoll gab, dass in einem solchen Fall ein anwaltliches Disziplinarverfahren einzuleiten sei.«

»Und der Priester?«

»Sechs Jahre!«

Nena ist etwas niedergeschlagen. Es ist kein richtiger Studiobetrieb und mit den Kunden draußen zu trainieren ist sehr aufwendig. Und dann ständig die Terminvereinbarungen online, oft läuft halt was schief.

»Nena, schau hier, ab 10. Juni könnt ihr wieder öffnen, das Studio kann loslegen.«

»Das wurde auch Zeit, wer sagt das?«

»Nachrichten online, Bayern lockert.«

»Hoffentlich ist das keine Fehlmeldung.«

»Nee, ist live, eine Pressekonferenz, aber es gibt Tausende Auflagen.«

»Stimmt, da, ich hab' schon 'ne WhatsApp von Emma, wir müssen ab morgen schon vorbereiten. Aber das mache ich gerne.«

Ich habe heute wieder einmal das Abendessen übernommen, soweit meine Fähigkeiten das zulassen. Schweinefilet asiatisch mit Sesam und frischem, jungen Spinat, dazu einfach nur Reis. Es ist mir gelungen, sagt Nena.

Hannah begegnet mir im Treppenhaus des Präsidiums. Erst hasten wir aneinander vorbei, aber dann hält sie inne und bleibt stehen. Ich stoppe ebenfalls und drehe mich zu ihr um.

»Wolff, da war etwas komisch.«

»Etwas komisch? Wie komisch?«

»Gestern Nacht unten vor meiner Wohnung. Es stand ein Wagen auf der gegenüberliegenden Seite der Straße und es stieg immer wieder eine Person aus, ging zu unserer Haustüre, wartete und setzte sich wieder in das Auto. Das ging dreimal so.«

»Hast du das Kennzeichen?«

»Nein, ich konnte von meinem Fenster im dritten Stock immer nur die Seite des Wagens sehen. Dann war er oder sie weg. Den Moment des Wegfahrens habe ich verpasst.«

»Meinst du, dass das irgendwas mit dir zu tun hatte?«

»Normalerweise nicht, aber Verena ist flüchtig. Ich habe sie ausgehorcht und vor Gericht gegen sie ausgesagt. Das hat sie mir wohl nicht verziehen.«

»Du hast recht. Da ist was dran. Wie kommt jemand auf deine Wohnung?«

»Das ist nicht schwer. Ich fahre jeden Morgen mit der Tram hierher und dann wieder zurück. Da braucht mir nur jemand gefolgt zu sein.«

»Das war sie bestimmt nicht, du hättest sie erkannt.«

»Ich habe mit so etwas nicht gerechnet und auch nicht darauf geachtet. Aber ich halte das schon für möglich.«

»Wir lassen dir einen Kollegen vor die Türe stellen.«

»Nee, nicht so was. Du weißt ja, wie aufmerksam die sind. Aber du könntest doch mal zu mir kommen. Herbert ist ausgezogen und Bier ist da.«

»Hannah ... netter Versuch. Du weißt ...«

»Du bist glücklich und verliebt, ich weiß, aber fragen darf ich ja.«

»Wir sollten den Vorfall aber mit den Kollegen besprechen. Das sollten wir nicht unterbewerten. Wann war das genau?«

»So gegen 22 Uhr.«

»Gut. So ein Mist aber auch, dass die fliehen konnte. Das passt mir gar nicht. Nena habe ich schon unterrichtet, damit sie auch aufmerksam ist, genauso wie das übrige Personal des Studios. Man kann nie wissen. Wobei, wenn die Westheim Unterstützung hat, dann würde ich an ihrer Stelle ins Ausland verschwinden und den gesamten Erbkram hier verscherbeln lassen, anstatt Rache zu üben, immer in der Gefahr, wieder geschnappt zu werden.«

»Du kennst die nicht so gut wie ich. Die setzt sich was in den Kopf und ist brutal und skrupellos. So rational tickt die nicht.«

»Wenn wir nur an diesen Dr. Niedenbrock rankämen. Nur von ihm kann Geld kommen, das sie für ihre Unternehmungen braucht.«

»Und für die Vorbereitung ihrer Flucht. Wir brauchen jemand, der undercover in seine Kanzlei kann.«

»Du natürlich nicht. Aber du weißt, den Strafverteidiger zu unterminieren ist strikt verboten. Das kostet uns den Job und Ruschka macht da niemals mit.«

»Das weiß ich, aber wir brauchen doch nur einen Hinweis, einen Anhaltspunkt, mit dem wir erfolgreich ermitteln können.«

»Stimmt schon, lass mich mal nachdenken. Dann bis morgen. Aber ich denke, wir machen das eher nicht.«

»Wolff, du magst wirklich nicht mal zu mir kommen?«

»Hannah!«

Seit dem Verschwinden der Westheim sind nun schon acht Wochen vergangen und wir haben keine Spur. Gregory Goodwin ist ahnungslos, wir hatten ihn vorsichtshalber zur Vernehmung einbestellt. Paul Pfaffenberger weilt seit Ende März in Bangkok, weil er keinen Heimflug bekommt. Die meisten Flüge waren ja gestrichen worden. Er fällt also als Verdächtiger weg. Das Anwesen am Burgberg wird von einer Art Hausmeister bewohnt, der aufpasst und das Haus in Schuss hält. Eine Hausdurchsuchung verlief ergebnislos. Die Apotheken laufen nach wie vor. Da macht die Westheim richtig Kasse. Niedenbrock beruft sich auf seine Verschwiegenheit als Verteidiger, die natürlich auch nach dem Strafprozess weiter bestehen bleibt. Im Grunde dürfte er die Westheim nicht einmal verraten, wenn sie bei ihm im Wohnzimmer übernachten würde.

Ich bin in diesen Gedanken gefangen, während ich mit meinem Dienstwagen nach Nürnberg ins Präsidium fahre. Es kommt ein Anruf von Cem.

»Wolff, wo bist du gerade?«

»Ich fahre am Flughafen vorbei.«

»Dann kannst du gleich wieder umdrehen. Leichenfund in Erlangen.«

»Am Friedhof?«

»Jetzt sei mal ernst, nicht schon wieder. Nein, in der Apotheke vom Westheim in der Henkestraße. Im Ruhezimmer für die Nachtdienste liegt eine Apothekenhelferin. Sieht nicht gut aus.«

»Tötungsdelikt?«

»Das musst du entscheiden, sie hat Schaum vor dem Mund!«

»Scheiße, ich wusste, dass da was auf uns zukommt, ich fahr hin. Hast du den Rosser schon informiert?«

»Er hat uns benachrichtigt!«

»Ich bin schon auf dem Weg, schick mir bitte Hannah, ich brauche sie da.«

»Das sag ich ihr lieber nicht, dass du sie brauchst, aber ich schicke sie dir.«

Die Apotheke ist gleich neben der Uni-Mensa. Oh, da schau. Alles ist vorschriftsmäßig abgesperrt, die Neugierigen sind weit genug weg und ich werde sofort eingewiesen, wo ich meinen Wagen abstellen kann. Da hat wohl die Rosskur von Schwabb unter der Leitung von Dr. Ruschka bei der Erlanger Polizei Wirkung gezeigt. Sieh an, sieh an.

Nachdem ich meine Schutzkleidung übergestreift habe, kommt mir auch schon Dr. Rosser, unser Rechtsmediziner, entgegen.

»Hallo, Herr Schmitt, das wäre uns nicht mal im Traum eingefallen, dass diese Serie weitergeht. Lagen wir doch ganz falsch mit unserer Mörderin?«

»Herr Dr. Rosser, schön Sie wiederzusehen. Nein, wir lagen ganz richtig. Aber das wissen Sie nicht. Verena Westheim ist flüchtig!«

»Bitte wie?«

»Sie ist aus dem Krankenhaus geflohen, besser gesagt sie wurde befreit. Das war so ...«

»Unglaublich, wie im Film. Und sie schlägt gleich wieder zu!«

»Na, mal langsam. So weit sind wir noch nicht. Wo ist die Tote?«

»Da hinten in dem Zimmer, kommen Sie mit.«

Hannah kommt zu uns, natürlich schön in Weiß.

»Hallo Wolff, ich habe gehört, du brauchst mich? Da bin ich, was machen wir?«

»Eine Leiche anschauen, da drinnen.«

»Eine Leiche, was sonst!«

Eine junge Frau liegt auf der Schlafliege auf dem Rücken. Sie trägt weiße Dienstkleidung. Das Gesicht ist bleich und ihre weit aufgerissenen Augen starren an die Decke. Vor dem Mund hat sie nicht wenig weißlichen Schaum.

»Das scheint eindeutig zu sein, Dr. Rosser, ich hätte das nicht für möglich gehalten.«

»Nun, Schmitt, wir sollten da nicht voreilig urteilen, ich muss das natürlich erst gründlich untersuchen, da gibt es viele Möglichkeiten.«

»Hannah, wie war das noch, Verena hatte eine Helferin, die die Kokslieferungen entgegennahm und etwas davon behalten durfte. Könnte sie das sein?«

»Keine Ahnung, einen Namen hatte sie damals nicht genannt, aber hat die nicht im Prozess aussagen müssen? Wir müssen das übrige Personal befragen. Wer hat sie gefunden?«

»Die Putzfrau, sagt der Kollege.«

»Schon wieder die Putzfrau?«

»Es war Nachtdienst und die kam halt als Erste in der Früh rein.«

»Wo sind die anderen vom Personal, es ist schon halb zehn?«

»Die stehen da draußen am Parkplatz neben der Apotheke. Die drei Frauen dort, die mit den verheulten Augen. Jetzt halte dich fest, die Erlanger Kollegen haben sofort psychologische Betreuung angefordert. Eine Psychologin ist bei ihnen und Kaffee wurde auch geordert.«

»Alle Achtung, was so ein Machtwort bewirken kann. Befragen wir sie gleich?«

»Wart' mal noch. Die laufen ja nicht weg.«

»Kann man nie wissen. Wolff, ich habe ja jetzt die schöne Wohnung von Herbert ganz alleine. Magst du mich nicht doch mal besuchen? Wir könnten asiatisch kochen und kaltes Bier habe ich immer im Kühlschrank.«

»Hannah, du weißt ...«

»Ja, du bist verliebt, ihr mögt euch und überhaupt. Das hält doch bei dir nie lange ...«

»Doch, diesmal schon ...«

»Wir werden sehen.«

Dr. Rosser sichert uns seine Ergebnisse bis 15 Uhr zu. Er weiß ja, wonach er zuerst suchen muss. Die Leiche wird abtransportiert und die Spurensicherung macht ihre Arbeit.

Da stehen doch tatsächlich wieder solche Gaffer mit gezücktem Handy hinter der Absperrung, ich glaube es nicht. Ich mache einen Streifenbeamten darauf aufmerksam, der sofort einschreitet. Und schon flüchtet man, wenn das Bußgeld droht. Eine merkwürdige Gesellschaft haben wir heute.

Wobei, ob sich die Gesellschaft so sehr zum Nachteil entwickelt hat, also jedenfalls ein großer Teil davon, wage ich zu bezweifeln. Es sind nur mehr Möglichkeiten gegeben, Ereignisse und Meinungen zu verbreiten. ›Schaut her, da habe ich einen gesehen, der gerade totgefahren wurde, bin ich nicht toll? Und ein Foto als Beweis schicke ich euch auch noch. War das ein aufregender Tag und ohne mich hättet ihr das nicht mitgekriegt!‹

Kein Mensch wäre vor zwanzig oder dreißig Jahren auf die Idee gekommen, einen Verletzten bei einem Verkehrsunfall zu fotografieren, den Film entwickeln und Fotos machen zu lassen, um die irgendwelchen Leuten zu zeigen. Es gab damals auch kein Medium, das irgendwelche abstrusen Weltanschauungen verbreitet hätte. Heute kann jeder relativ anonym seinen Meinungsschrott mit zwei Klicks auf dem Mobiltelefon in die Welt setzen. Und das rund um den Globus in Sekundenschnelle. Vielleicht ist es ja so, dass es einen hohen Bevölkerungsanteil mit sehr merkwürdigen Verschwörungstheorien schon immer gegeben hat. Nur wurde denen keine Bühne bereitet, um sich zu artikulieren. Welcher Redakteur hätte in einer Zeitung abdrucken lassen, dass Bill Gates uns mit eingepflanzten Mikrochips gefügig machen will, um die Weltregierung an sich zu reißen? Im Ernst? Obwohl, halt, es ist ja auch die überwiegende Weltmeinung, dass ein alter bärtiger Mann, der die Welt erschaffen hat, auf einer Wolke sitzt und alles hier unten lenkt. Und die selbsternannten Vertreter dieses sogenannten Glaubens haben stets die Weltherrschaft angestrebt. Im Zweifel mit Gewalt. Sind wir doch einmal ehrlich und objektiv, fast alle Kriege dieser Weltgeschichte mit Millionen und Abermillionen Toten, die roheste Brutalität, Unterdrückung, Folter, alles das wurde im Namen dieses alten Mannes verübt. Im Namen dieses Mannes wurden Frauen auf dem Scheiterhaufen verbrannt. Nicht im Namen dieses Mannes, aber doch von seinen überzeugten ›Vertretern auf Erden‹ wurden bis in unsere Zeit massenweise Kinder missbraucht. Ohne Folgen. Ohne Anklagen. Aber die Menschen wollen an solchem Glauben festhalten.

Die Menschen müssen einfach an so etwas glauben und die negativen Aspekte werden ausgeblendet. Da nicht sein kann, was nicht sein darf, so wird gedacht. Der weniger intelligente Teil der Menschheit ist so leicht zu beeinflussen, zu überzeugen, anzustiften, ins Verderben zu schicken, man muss nur eine verschwörerische, geheimnisvolle Ideologie liefern, an die die Menschen fest glauben können. Und genau das nutzen die neuen Populisten aus, genau wie die im tiefsten Mittelalter. Sie verbreiten und bestärken den Irrglauben, um sich die Massen gefügig und zu Gefolgsleuten zu machen. Diese Rädelsführer sagen, die da ›oben‹ wollen euch kontrollieren, sie wollen eure Freiheit einschränken. Wir helfen euch, wir verhindern das. Leider wird nicht verstanden, dass es genau umgekehrt der Fall ist. Die Populisten sind die Gefahr. Für alle.

Es ist das Gift Atropin, das im Körper der toten Apothekenhelferin gefunden wurde. Genau wie bei den Morden im Zusammenhang mit dem Studio im letzten Jahr. Dr. Rosser hat mich gerade angerufen. Und diesmal war es keine geringe Dosis.

»Das muss bei der Menge an Gift sehr schnell gegangen sein. Schmitt, ich hoffe nicht, dass das hier in Erlangen wieder beginnt, dass die Serie weitergeht. Sie müssen Verena Westheim finden, und zwar schnell. Es sind wieder Menschen in Gefahr. Wir wissen, dass sie es skrupellos macht, manchmal aus reinem Spaß.«

»Danke, Doktor, ich weiß auch schon, wo ich ansetzen muss. Sie hatte professionelle Hilfe bei ihrer Flucht, dort müssen wir suchen. Bis dann.«

»Harald, wo ist Bettina?«

»Die ist kurz in Erlangen, was für Ruschka besorgen, der hat übermorgen Geburtstag.«

Dr. Ruschka mit seinem Angebot, mich zum Nachfolger zu machen, hat mich schon überrascht. Eigentlich bin ich noch zu jung für den Job und wenn das die Politik erfährt, dann wird es heftigen Gegenwind geben. Und ehrlich, ich als Bürohengst, den ganzen Tag Schreibsachen und Personalsachen und, und, und. Nein. Als Kommissar fragt mich keiner, was ich den ganzen Tag so gemacht habe, draußen, im Einsatz. Da gehe ich halt trainieren und sitze nicht im

Büro und niemanden interessiert das. Ich muss gründlich darüber nachdenken.

»Ah Bettina, kommst du mal in mein Büro?«

»Gleich, ich muss noch das Geschenk verräumen.«

Zehn Minuten später.

»Was ist es denn?«

»Zwei Karten für ein Degustationsmenü im Geiernest, er soll da mit seiner Tochter hin oder mit wem er will.«

»Oh, der Tatort von 2017, sehr passend für einen Kriminaldirektor. Du warst bei meinem Weinhändler?«

»Ja, schönen Gruß auch, du warst schon lange nicht mehr da, sagt er.«

»Stimmt, das muss ich wohl demnächst nachholen. Aber wie du weißt, ich trinke weit weniger als früher.«

»Das sieht man dir auch an.«

»Danke. Aber warum ich dich sprechen wollte. Die Westheim ist vermutlich professionell befreit worden. Da gibt es Hintermänner und eine Menge Geld muss auch im Spiel sein. Du bist einzigartig bei der Recherche solcher Sachen, häng dich mal rein und suche Fälle, wo Hilfe von außerhalb kam. Vielleicht finden wir da was Ähnliches.«

»Deine Frau stochert doch in alten Fällen, die könnte doch helfen.«

»Frag sie, ich mach das nicht. Die Situation ist etwas angespannt zwischen uns beiden.«

»Also ich kenne ja diese alten Geschichten nur aus Bemerkungen der Kollegen, aber sag, wer war der Böse?«

»Ich, ich war der Depp, ich hab's gründlich versaut. Ich war drei Wochen nach unserer Hochzeit mit einer anderen im Bett.«

»Scharf, das gibt es nicht so oft.«

»Es war Hannah.«

»Nein, das darf doch nicht wahr sein. Auch noch mit einer gemeinsamen Kollegin. Oh yeah, du machst die Dinge spannend, das muss man dir lassen.«

»Ich kann halt nicht anders, so bin ich eben.«

»Es ist dein Leben, niemand sollte dich kritisieren. Auch ich lebe so, wie ich das für richtig halte und wie ich es will. Ich liebe halt Frauen und dafür möchte ich auch nicht kritisiert werden. Ich setze mich gleich mal an den Rechner, mal sehen, was ich herausfinden kann. Liebst du Ilse noch ein wenig?«

»Ich weiß es nicht ... nein ... ich denke nicht ...«

Wir haben die drei Damen vom Apothekenpersonal für den nächsten Tag ins Präsidium bestellt. Die Apotheke ist zu. Eventuell muss die Spurensuche noch einmal rein.

»Nein, so oft war Verena Westheim nicht bei uns in der Apotheke. Nur gelegentlich, aber da hat sie sich immer mit der Birgit ..., oh nein ist das schlimm, Entschuldigung, ich brauche ein Taschentuch, ... hinten im Büro eingeschlossen.«

Birgit Stemmermeier heißt die Tote, oder besser, die Ermordete. Die Apothekenhelferin steht auf und wischt sich die Tränen aus dem Gesicht.

Hannah fragt nach.

»Haben Sie mitbekommen, was die da gemacht haben?«

Eine andere Angestellte ergreift das Wort.

»Also, die beiden waren irgendwie ganz dick befreundet. Jetzt fällt es mir erst auf, es kam immer ein kleines Paket von einem Pharmagroßhändler und einen Tag später oder noch am gleichen Tag huschte die Westheim herein und dann saß sie mit der Birgit hinten im Büro. Das Paket nahm sie immer mit.«

Ich sehe Hannah an und sie nickt.

»Wissen Sie noch, von wem die Pakete kamen?«

»Es wird in einem kleinen Buch vermerkt, was von wem mit der Post kommt. Da müsste ich nachsehen, ist ja schon lange her.«

»Wussten Sie, was in den Paketen war?«

»Nein. Die waren immer an Verena persönlich adressiert. Aber außen war das Gewicht vermerkt. Mal 150, mal 200 Gramm, ah, einmal sogar 400 Gramm.«

»Das wissen Sie noch so genau?«

»Na ja, man ist auch ein bisschen neugierig, sorry.«

»Sie wissen wirklich nicht, was da drin war, oder?«

»Nein. Aber es war etwas Kompaktes, also Sie wissen schon, es hat nix geklappert da drin, keine Pillen oder Dragees, auch irgendwie keine Ampullen, ja, weiß nicht, war halt so ein Eindruck.«

»Wie war denn die Birgit Stemmermeier so, also menschlich.«

Die dritte Dame antwortet.

»Also, ich kann da nichts Negatives über sie sagen. Oder, Mädels?«

Alle drei schütteln den Kopf.

»Wir haben gut zusammengearbeitet, sie war hilfsbereit, immer gut drauf, hat alles gepasst. Na ja, manchmal hatte ich den Eindruck, dass sie irgendwas einnimmt, so was, um noch besser drauf zu sein, Sie verstehen?«

»Das verstehen wir.«

Hannah grinst mich an.

»Was war in den letzten Tagen, bevor sie in dem Hinterzimmer gefunden wurde? Irgendetwas Auffälliges, war irgendetwas anders als sonst?«

Die Helferin mit dem Taschentuch meldet sich zu Wort.

»Doch. Jetzt, wo Sie das ansprechen, sie war irgendwie nervöser, reizbarer als sonst. Irgendwie unaufmerksam. Dann ist sie oft einfach raus und sagte, dass sie jetzt frische Luft brauche. Nach zehn Minuten war sie dann wieder da.«

»War außer normalen Kunden sonst jemand im Geschäft? Jemand, der sonst nicht da war?«

»Mädels? Also ich kann mich nicht erinnern, dass da was war, oder?«

Die Damen schütteln den Kopf.

»Wenn Ihnen noch etwas einfallen sollte, dann rufen Sie uns bitte an, für heute war's das, danke. Moment noch, wenn wir das kleine Buch gefunden haben, dann melden wir uns noch einmal bei Ihnen.«

Nun, die Tote war also die Angestellte, die immer etwas von der Kokslieferung abbekam, wenn Verena bestellt hatte. Aber warum hatte sie vor ihrem Tod Kontakt mit Atropin? Mischte die Westheim das Zeug in der Apotheke zusammen? Lag da noch was rum? Alles sehr unwahrscheinlich. Apotheken sind schließlich kein Schrottplatz, wo Sauberkeit und Hygiene keine Rolle spielen. Da herrschen doch andere Standards. Und die Damen von eben machten doch nicht den Eindruck, dass sie darauf keinen Wert legten. Die SPUSI soll sich beeilen, ich brauche dringend den Bericht.

Nena ist genervt. Sie muss viele Termine koordinieren und das macht sie nicht gerne. Das Studio konnte wieder öffnen, aber sie hatte vorher bereits viele private Trainingseinheiten vereinbart, die jetzt so nicht mehr durchgeführt werden können. Ich versuche sie zu trösten.

»Ach Wolff, du weißt, so Termin- und Bürokram ist nicht so meine Sache. Ich arbeite gerne mit Menschen, aber dieses Papierzeugs.«

»Das geht nicht nur dir so. Ich versuche auch die Ermittlungsberichte auf jemand anderen zu schieben. Harald oder Bettina sind meine dankbaren Abnehmer.«

»Das war jetzt aber ironisch gemeint!«

»Nö, ich bin der Chef. Dr. Ruschka hat mir angeboten, sein Nachfolger zu werden, er geht bald in Rente. Was meinst du dazu?«

»Du und ein Büromensch, nein, das kann ich mir nicht vorstellen. Echt nicht. Morgens pünktlich um acht anfangen und dann bis fünf am Schreibtisch. Wolff, ernsthaft?«

»Genau das habe ich mir auch schon überlegt. Gut, mein Gehalt würde enorm steigen und wenn ich in Rente gehe, wird das ein ganz schöner Batzen werden.«

»Wolff, du bist noch nicht einmal fünfzig, jetzt denk bitte nicht an deine Rente, das macht dich gleich sehr viel älter. Und denk daran, du brauchst deine Freiheit, du kannst nicht eingesperrt hinterm Schreibtisch sitzen.«

»Irgendwie sehe ich das auch so. Das geht in die ganz spießige Richtung. Und wer weiß, was in zehn Jahren ist. Wer weiß, was wir aus der momentanen Bedrohung machen und was noch kommt. Ich glaube nicht, dass unsere Gesellschaft Lehren ziehen wird.«

»Alle sind Egoisten geworden, du hast recht. Ich habe einen Salat vorbereitet, magst du?«

»Ja, was ist drin?«

»Feldsalat, Rucola, Tomate, Zwiebel, Knoblauch, Artischocken, Oliven, italienische Kräuter und mein liebstes Dressing mit Olivenöl und rotem Essig. Oben drauf liegen dann fein gegrillte Entenstreifen.«

»Ein Genuss. Nena, ganz toll. Ich hole einen Wein.«

»Es sind nur noch zwei Flaschen da.«

»Oh ja, ich muss zu unserem Weinhändler, gleich morgen.«

Das Essen war hervorragend und wir haben uns noch lange über unser Fitnessprogramm für die nächsten Wochen unterhalten.

Ich sitze am Tisch und trinke den kleinen Rest Wein aus meinem Glas. Ich bin in Gedanken über das Angebot meines Chefs, als ich Nena hinter mir spüre. Sie streicht mit ihren Händen durch meine mittlerweile schon langen Locken und vergräbt ihr Gesicht darin. Dann drückt sie ihren Kopf an meine Wange und umschlingt mich mit ihren zarten Armen.

»Wolff, komm, ich möchte jetzt.«

Wortlos gehen wir Hand in Hand ins Schlafzimmer. Es ist noch hell und Nena zieht den Vorhang zu. Das Licht ist gedämpft und ich sehe neben dem Bett eine Sektflasche.

»Du magst doch Champagner, oder?«

»Ich ... Nena ... wie kommst du da drauf, klar, ich mag das Zeug!«

Nena öffnet die Flasche mit einem Knall und stellt sie auf die Ablage neben dem Bett. Etwas Champagner perlt noch heraus und läuft über den Flaschenhals herunter. Sie kommt zu mir und knöpft mein Hemd auf, sie zieht es mir aus und wirft es hinter sich auf den Boden. Dann macht sie sich an meine Jeans. Ich helfe ihr und entledige mich meiner letzten Kleidungsstücke. Nena hält mir die Champagnerflasche an den Mund und ich nehme einen Schluck. Sie lächelt mich an und wirft ihr T-Shirt zu meinem Hemd. Ihre Shorts zieht sie gleich mitsamt ihrem Höschen aus. Wir stehen uns nackt gegenüber. Sie nimmt die Flasche und gönnt sich auch einen Schluck. Dann umarmen wir uns. Wir streicheln uns zärtlich und dann dürfen auch unsere sehnsüchtigen Lippen in das Liebesspiel eingreifen. Wir verharren lange mit unseren nackten und immer begieriger werdenden Körpern aneinander. Dann löst Nena die Umarmung und legt sich mit dem Champagner auf das Bett. Sie ist traumhaft schön und ihr reizender junger Körper schimmert leicht glänzend in dem diffusen Licht. Ich stehe vor ihr und muss tief atmen, so verlangend sieht sie aus. Dann nimmt sie die Flasche und schüttet einen Teil auf ihrem Traumkörper aus. Nein, Wolff, das darf nicht wahr sein, dass sich so etwas wiederholen kann, unfassbar. Sie spreizt ihre Beine, sieht mir tief in die Augen und haucht leise »Wolff, jetzt, das ist der Moment, komm«. Ich lege mich behutsam neben sie und halte ihr die Flasche an den Mund, sie nimmt einen kräftigen Schluck, dann schütte ich noch etwas von dem Prickelzeug auf ihre runden, festen Brüste, wo ich es begierig ablecke. Ich nehme auch noch etwas aus der Flasche. Nena schließt die Augen und ich dringe sanft in sie ein, ganz langsam, als ob wir tausend Jahre Zeit hätten. Wir vollführen dieses Liebesspiel fast wie in Zeitlupe, niemand kann uns diesen Moment nehmen, der uns ewig vorkommt. Nach schier endlosen und langsamen Bewegungen stößt sie leise kleine, spitze Schreie aus und krallt ihre Finger in mein Haar. Ich umfasse ihre Hüften, dehne mich nach hinten und meine Liebe fließt tief in meine bezaubernde Freundin, deren wundervoller Körper immer noch mit kleinen Zuckungen reagiert. Es ist ein ehrliches und befriedigendes Gefühl, eine solche Liebe zu erleben und wir schlafen Arm in Arm ein.

Am nächsten Morgen hat Nena schon Frühstück gemacht, als ich aus dem Schlafzimmer komme.

»Sag mal, wie bist du auf die Sache mit dem Champagner gekommen?«

»Habe ich mal irgendwo gesehen, irgendein Liebesfilm, oder so. Ich finde das erotisch, du?«

»Absolut, und irgendwie hatte ich schon mal einen ähnlichen Traum.«

Die Geschichte mit Leia und Alba habe ich natürlich noch vor Augen, aber vielleicht hatten die das auch in einem Film gesehen. Ich behalte das für mich, sonst ist Nena vielleicht enttäuscht, dass ich das schon erlebt habe. Aber diesmal war es reine Liebe, nicht nur die Gier nach Sex.

Auf dem Weg zum Präsidium denke ich schon wieder an meinen Chef und sein Angebot. Das reizt mich schon, aber nicht nur wegen der Besoldung. Einige aus der Politik würden kochen vor Wut, wenn ausgerechnet der Kommissar, der sich nie hat gängeln lassen, der immer seinen Weg gegangen und der immer gegen die heimliche Korruption angegangen ist, so eine Schlüsselposition bekommen würde. Aber ist es wahrscheinlich, dass Ruschka das durchbekommen würde? Ich habe noch Zeit und werde mir Gedanken machen. Andererseits, ich bin die Weide im Horoskop, die Geborgenheit, aber auch Abenteuer braucht. Ilse hätte das sicher gefallen. Ihr Ehemann als höherer Beamter am Schreibtisch mit gutem Verdienst. Da wäre sicher wieder das Eigenheim ein Thema geworden. Gut, ich werde nicht jünger und eine solche Gelegenheit wird sich mir nie mehr bieten. Aber ein nine to five Job? Wolff, nicht im Ernst. Und dann, bei den steifen gesellschaftlichen Verpflichtungen, musst du Nena zu diesen Spießern mitnehmen. Das wird ihr nicht besonders gefallen. Scheiß auf das Geld. Wähle die Freiheit und das Vergnügen, Wolff, komm ... na, mal sehen.

Die Spurensicherung legt ihren Bericht vor. Das gibt es tatsächlich noch, dass in vielen Apotheken Salben und Tinkturen aus Rohstoffen selbst zusammengemischt werden. Vor allem in der Homöopathie ist das üblich. Die Sternapotheke von Westheim in der Henkestraße in Erlangen ist so ein Ort. Die Spurensicherung musste also Proben aus zig Töpfchen mit Salben, aus noch mehr Gläsern mit allerlei Pülverchen und Naturprodukten nehmen, um ausschließen zu können, dass da Gift mit drin war. Alle Arbeitsflächen, die hinterste Ecke unter dem Schreibtisch mussten geprüft werden. Eine Mammutaufgabe, weswegen es auch weitere drei Wochen gedauert hatte, bis das Ergebnis da war. Und dieses Ergebnis war ernüchternd. Die Liste der untersuchten Grundstoffe ist lang, apis mellifera, allium cepa, bellis perennis, symphytum officinalis oder einfach nur Thujaextract, die Liste ist zwanzig Seiten lang. Apis mellifera, wer hätte gedacht, dass eine Tinktur aus der weiblichen Honigbiene heilende Wirkung haben kann. Am Ende des Berichtes befindet sich ein kleiner Lichtblick. In dem Ruhezimmer ganz weit unter der Liege war die Spur eines Pulvers gefunden worden. Kokain. Aber gut. Das wissen wir bereits, dass die beiden Damen dort geteilt hatten, wenn eine Lieferung kam. Da war es nicht auszuschließen, dass etwas auf den Boden kam. Atropin? Völlige Fehlanzeige.

Immerhin konnte eine Helferin in dem kleinen Eingangsbuch eine der Lieferungen auch einem Lieferanten zuordnen. Spontan fiel mir die Pharlomo AG in der Schweiz ein. Das war mein erster gemeinsamer Fall mit Ilse gewesen und ich habe sie damals in große Gefahr gebracht. Die Bilder gehen mir spontan durch den Kopf, vor allem, als wir noch mal in Zürich waren, viel später, und sie sich immer noch fürchtete vor diesen skrupellosen Machenschaften eines Pharmakonzerns. Nein, ein Großhändler in München lieferte das Koks. Ich setze Harald darauf an, der ermittelt doch gerne außerhalb.

Am nächsten Tag. Cem kommt in mein Büro. Er erzählt, dass kürzlich bei der Hausdurchsuchung am Burgberg auch die Nachbarn befragt wurden. Die Nachbarschaft besteht dort aus der Vorstandsetage von Konzernen und Bürgern, die noch nie so recht Geldprobleme hatten, sei es aufgrund Erbschaft oder Fortführung von Familienunternehmen oder weiß der Geier. Die haben nur freundlich zu verstehen gegeben, dass sie in der Nachbarschaft nie etwas beobachten. Nur eine ältere Frau, die dort in einer Einliegerwohnung wohnt, hat sich gestern noch mal gemeldet. Die hat über die Tote aus der Apotheke in der Zeitung gelesen.

»Sie sagt, dass da mal eine junge Frau kam, die dieser Hausmeister, oder was der genau ist, reingelassen hat. Und die Frau meint, dass sie die früher schon, als der Westheim noch lebte, ab und zu dort gesehen habe. Mag sein, dass die eine rege Fantasie hat, aber sie meinte, ob das nicht die tote Frau aus der Apotheke gewesen sein könnte.«

»Zeig ihr ein Foto.«

»Schon in Arbeit, ich fahre jetzt gleich hin.«

»Handy?«

»Die hat keines, so etwas gibt's noch!«

Emma spricht mich im Studio an.

»Sag mal Wolff, sind wir hier in Gefahr, wo doch die kalte Verena wieder draußen ist?«

»Nein, ich denke nicht. Das Personal hier hatte ja nichts mit ihrer Verhaftung zu tun und niemand musste aussagen. Aber wir mussten euch doch informieren. Und es könnte ja sein, dass einer die Dame irgendwo sieht. Rein zufällig, das wäre für uns hilfreich.«

»Du und Nena ein Paar, mein Lieber, das hat mich umgehauen.«

»Die Schöne und das Biest, oder?«

»No, du bist für dein Alter recht attraktiv, das haben schon einige hier bemerkt. Und ganz ehrlich, du mit 48 und deinen Erfahrungen mit Frauen, da könnte man schon interessiert sein.«

»Mit ... meinen Erfahrungen?«

»Hannah trainiert weiter bei uns und wir waren kürzlich zusammen beim Abendessen.«

»Hannah, sie muss das ständig herum posaunen. Das sind meine Privatangelegenheiten.«

»Stimmt es wenigstens, was sie erzählt?«

»Wahrscheinlich schon.«

»Es waren mit Nena fünf nach deiner Hochzeit?«

»Ja fünf. Es hat keinen Sinn, das zu leugnen.«

»Bist du gut im Bett?«

»Frag das Quintett. Dazu müsstest du allerdings kurz nach Barcelona fliegen und das ist grad ungünstig.«

»Bist du geschieden?«

»Nein, noch nicht, im Dezember dann. Aber erinnere mich nicht daran.«

»Ist dir unangenehm, oder?«

»Es war sicher irgendwann Liebe. Sonst hätte ich nicht geheiratet. Nicht wie ein Bekannter von mir, der quasi eine Scheinehe nur für das Finanzamt führt, den siehst du nie mit Frau.«

»So was gibt's?«

»Wenn du wüsstest, was Menschen wegen Geld alles machen, ich habe da viel erlebt.«

»Gibt es bei euch Geldstreitigkeiten?«

»Nein, das ist alles bereits geregelt, es wird eine reine Formsache.«

»Eine reine Formsache, wie das klingt!«

»Nicht gut und ich fühle mich auch nicht gut dabei.«

»Hannah schwärmt von dir. Das muss eine gute Beziehung gewesen sein.«

»Das war keine Beziehung, das war Freiheit ohne Regeln, das war Erotik pur, Sex ohne Tabus[2], das war ... so dachte ich damals jedenfalls. Nein, Liebe war es nicht, das war das Ausleben vieler Fantasien, die bis dahin eingesperrt waren.«

»Und mit Nena?«

»Es ist Liebe, Emma, es ist wirklich Liebe.«

»Dann bin ich ja beruhigt. Sie hätte nichts anderes verdient, das Mädel.«

»Mach dir da keine Sorgen, ich werde Nena nicht enttäuschen. Und wenn ich weiter so fleißig trainiere, dann werde ich bestimmt immer jünger.«

»Quatschkopf. Aber es ist schon was dran, da gibt es sogar wissenschaftliche Studien, die behaupten, dass man damit den Alterungsprozess zwar nicht aufhalten, aber doch gut hinauszögern kann.«

»Wenn es einen Trank gäbe, der das Altern stoppt, ich würde ihn sofort schlucken.«

»Hast du jetzt schon ein Problem damit? Du bist auch eitel, oder?«

»Furchtbar eitel. Ob ich jetzt schon ein Problem mit dem Altern habe? Ich weiß nicht, ein wenig, nein, schon richtig. Aber Nena lässt mich das vergessen, mit ihrem positiven Wesen. Wenn ich mir allerdings einige der Methusalems hier bei euch im Studio so

---

2 Krimi »Fleischbrücke«

betrachte, dann läuft es mir eiskalt den Rücken runter.«

»Ich weiß, die haben sich jahrelang gehen lassen, bis die Plauze nicht mehr weichen wollte. Aber wenigstens machen sie was, viele sitzen nur vorm Fernseher. So konsequent wie du macht das hier keiner, die Jungen und die Sportler natürlich ausgenommen. Nena war manchmal frustriert, wenn sie ein gutes Trainingsprogramm ausgearbeitet hatte, der Kunde das einmal oder zweimal probierte und dann doch wieder das trainierte, was ihm gerade Spaß machte. Von Effektivität natürlich keine Spur. Was macht dein Bauchfett?«

»Weg. Alles so wie geplant weg. Wir haben vor ein paar Tagen einen Bodycheck gemacht. Körperfett von 17,5 % runter auf 12,4 % und der Muskelanteil ist gestiegen bei gleichem Körpergewicht.«

»Alle Achtung, so muss es sein. Nenas Essen?«

»Ja, das auch, sie macht so herrliches Grünzeug. Und ich saufe nicht mehr.«

»Seit du von deiner Frau weg bist?«

»Seit ich mit Nena zusammen bin und fleißig trainiere. Also wir trinken schon Wein zum Essen und das eine oder andere Bier, aber ich schütte das nicht mehr so wie früher in mich rein.«

»Du, der Chef fährt gerade rein, ich muss rüber.«

Wir sitzen im Büro, Bettina, Hannah und ich. Harald ist von seinem Ausflug nach München zu dem Pharmagroßhändler zurück und kommt zu uns herein.

»Sag mal, Hannah, die Westheim hatte dir doch damals von so einem Vertreter erzählt, mit dem sie ins Bett ging, damit er ihr den Schnee besorgt, wie hieß der nochmal?«

»Uh, du stellst Fragen. Ich meine, dass sie gar keinen Namen erwähnt hat. Dass immer einer kam, das stimmt, aber da kann ich mich nicht an einen Namen erinnern.«

»Mensch Leute, die Betäubungsmitteldelikte bei den Morden letztes Jahr sind total unter den Tisch gefallen, wir hatten eine Mordanklage, der Westheim war tot und niemand packte das gegen die Verena in den Prozess.«

»Stimmt, Wolff. Das fiel wieder mal nicht ins Gewicht. Mehr als lebenslänglich gibt es nicht. Schade aber, dann hätten wir jetzt schöne Akteninhalte.«

»Es hat aber auch deswegen keinen interessiert, weil kein illegaler Handel vorlag. Die Apotheke hat bestellt, der Großhandel geliefert.«

»Echt jetzt? Ich bestelle mir Koks bei meinem Lieferanten und dröhne mich zu. Das ist nicht illegal?«

»So jedenfalls die Staatsanwaltschaft. Hannah, ich meine auch, dass das strafbar war, aber frag die Herrschaften Staatsanwälte.«

»Ihr liegt da falsch.«

»Bettina?«

»Kokain ist eine Arznei. Nicht pur, also heute nicht mehr, aber in Apotheken kann es als Zusatz zu selbstgemischten Präparaten verwendet werden. Deswegen waren die Bestellungen der Westheim Apotheke juristisch nicht zu beanstanden.«

»Du weißt Sachen!«

»Zufall, das war mal ne Prüfungsfrage in meiner Ausbildung.«

»Jetzt zurück zum Fall. Also, die in München konnten die Bestellungen und Lieferungen verifizieren. Alles in Ordnung soweit. Nur die Mengen kamen denen hoch vor. Aber alles wurde von einem damaligen Außendienstmitarbeiter abgesegnet, der da nicht mehr tätig ist.«

»Das Betthupferl von der Westheim!«

»Mag sein. Und jetzt haltet euch fest, wie der heißt ...«

»Und? Jetzt mach' es halt nicht so spannend.«

»Klaus Niedenbrock. Und ich habe es schon nachgeprüft, er ist der Sohn von Verenas Anwalt.«

»Da schau an. Ist das ein Zufall?«

»Kann sein, Wolff. Beziehungsweise muss das nichts bedeuten. Der war mit der Westheim im Bett und hat vielleicht seinen Vater hier in Erlangen erwähnt. Als wir sie verhafteten, brauchte sie einen Anwalt. Alles logisch.«

»Das ist mir zu einfach, Harald.«

»Soweit ich mich an die Gespräche mit Verena erinnere, war der super scharf auf sie, der liebe Klaus.

Der hätte alles für sie getan, nur um mit ihr zusammen zu sein.«

»Hannah, war das so eine Hörigkeit, wie man immer so schön sagt?«

»Also, dazu weiß ich doch zu wenig. Sie brauchte ihn zum Koks besorgen. Wie Harald berichtet, haben die sich über die Mengen für eine Apotheke gewundert und er musste das abzeichnen.«

»Harald, wo ist der liebe Klaus jetzt tätig?«

»Die Firma weiß es nicht. Sämtliche Post kommt auch seit einiger Zeit mit dem Vermerk ›unbekannt verzogen‹ zurück. Das Einwohneramt hat keine neue Anschrift. Ehrlich gesagt, der Personalchef dort hat nie viel von dem Klaus Niedenbrock gehalten. Er sei ein Windhund, meinte der.«

»Kollegen, nur so eine Idee ...«

»Ja, Bettina?«

»Wie hoch ist denn das Vermögen der lieben Verena, also geschätzt?«

»Da gibt es eine Liste beim Nachlassgericht, wo war die noch, aber Vorsicht, das sind nur grobe Schätzungen, die meist weit unter dem tatsächlichen Verkehrswert liegen.«

»Warum fragst du, Bettina?«

»Na ja, in vielen Strafsachen geht es ums Geld. ›Gehe dem Geld nach‹ ist oft hilfreich, um bei den Ermittlungen weiterzukommen.«

»Wie wahr, Bettina. Gut, die Westheim sitzt ein und hat enorm viel Geld. Du meinst, dass da wer auf dumme Gedanken kommen könnte, sich das unter den Nagel zu reißen?«

»Ihr kennt doch die klassischen Betreuungsfälle, bei denen sich der sogenannte Verwalter brutal bereichert hat und die demente Oma von nichts wusste. Die potentiellen Erben waren dagegen machtlos und rechtlos.«

»Du willst sagen, der Anwalt wittert eine Goldgrube und langt rein?«

»Warum nicht? Und er muss nicht einmal Rechenschaft ablegen, wie bei einer Betreuung. Nur seiner Mandantin.«

»Und da passt es ihm gar nicht, wenn die freikommt.«

»Aber es passt dem Liebhaber!«

»Du meinst?«

»Vielleicht, das ist doch alles denkbar.«

Hannah hatte den Raum verlassen und kommt mit einer Akte zurück. Sie setzt sich und blättert, dann schlägt sie eine Seite auf.

»Also, dann schauen wir einmal, was die schöne Verena so geerbt hat. Hier, der Wert einer Apotheke richtet sich nach einem Prozentsatz des Umsatzes, ohne Immobilie, versteht sich. Zwei Apotheken von Ullrich sind in gemieteten Räumen, zwei in eigenen Immobilien. Der Wert des Goodwill, also der Firmenwert, wird hier für alle vier Geschäfte mit 2,2 Millionen angegeben. Zwei Immobilien hier in Erlangen bewertet man mit 2,8 Millionen. Die Villa am

Burgberg schlägt mit 3,6 Millionen zu Buche. Dazu kommen die Fahrzeuge und das Barvermögen, Aktien, und, und, und, alles zusammen, sagt das Nachlassgericht, etwa 900.000 Euro, wobei die weißen Porsche nur geleast waren. So, meine Herrschaften, schlappe 9,5 Millionen, und das alles ist sehr weit unten angesetzt. Noch Fragen?«

»Ihr Anwalt und Vermögensverwalter hat da bestimmt noch genauere Zahlen.«

»Bestimmt. Kommt der an das Geld heran, so lange die Westheim sitzt?«

»Sie sitzt nicht mehr, vergessen?«

»Ja, also rein theoretisch. Hannah?«

»Er kommt nicht ran. Das ist jetzt sehr kompliziert. Genau hab' ich das auch nicht verstanden. Als das Nachlassgericht die Erbsache bearbeitet hat, saß Verena ja schon in Untersuchungshaft. Also brauchte sie für die Abwicklung der Erbsache einen Bevollmächtigten. Sie beauftragte Dr. Niedenbrock, ihren Verteidiger. Die Vollmacht ist hier in der Akte. Aber da ist eine kleine Klausel drin. Niedenbrock darf Einnahmen und Ausgaben verwalten, notwendige Sonderaufwendungen tätigen, sein Honorar von den Konten absetzen, aber er darf ohne Zustimmung der Erbin nichts veräußern und keine Konten oder Depots auflösen. Ausgenommen Aktiendepots, falls Verlust droht. Der Veräußerungserlös von Aktien ist aber dann als Festgeld anzulegen. So steht das hier.«

»Steht da auch, was er für seine Tätigkeit bekommt?«

»200.000 jährlich.«

»Wupp, satte Sache!«

»Da kommt sich so ein kleiner Kommissar wie ich ziemlich mickrig vor.«

»Harald, möchtest du tauschen?«

»Na ja, 200.000, aber wenn die Steuern weg sind ... ganz ehrlich, Leute, ich mach meinen Job gerne.«

»Bravo Kollege. Das wissen wir ja.«

»Danke, Bettina, aber was ziehen wir aus unserer Besprechung jetzt eigentlich für Schlüsse?«

»Wolff, klar, der Klausi sähe sie gerne draußen.«

»Du meinst ...«

»Ein Pharmavertreter als Ausbruchhelfer, jetzt macht mal 'nen Punkt.«

»Harald, du sagst, der ist verschwunden. Hast du ihn mal gecheckt?«

»Leute, ich bin heute Morgen erst wieder aus München zurückgekommen und konnte gerade noch was frühstücken. Dass der Klausi der Sohn vom Dr. Niedenbrock ist, habe ich von unterwegs abgefragt. An unserer Datei war ich noch nicht, mach' ich nachher gleich.«

Cem kommt herein.

»Wolff, ich war bei der Rentnerin am Burgberg in Erlangen und habe ihr das Foto von der Stemmermeier gezeigt.«

»Und?«

»Sie ist sich nicht sicher, also sie meint, dass sie das eher nicht war. Dann habe ich ihr ein Foto von Verena Westheim unter die Nase gehalten. Fehlanzeige. ›Die hätte ich erkannt‹, meinte sie, ›die Schöne mit dem Porsche‹ hätte ja neben ihr gewohnt, eine Zeit lang jedenfalls, die Rentnerin ist da drei Monate vorher eingezogen, bevor wir die Westheim verhaftet haben. Aber jetzt, die Frau hat sich spontan noch an einen Mann erinnert, den sie jedenfalls, so lange sie da wohnt, vor der Verhaftung von Verena nie gesehen hat. Danach etwa zwei, drei Mal. So ein Anzugträger, immer etwas verschwitzt, schwer atmend, wenn er aus seinem Wagen ausgestiegen ist. Er hatte einen Aktenkoffer dabei und hastete zum Hauseingang, wo ihm dieser Haustyp, Hausmeister oder was auch immer, geöffnet hat. Dann sind sie beide rein.«

»War der jetzt auch mal da, also nach dem Prozess?«

»Ja, der taucht da angeblich öfter auf. Ich vermute, dass es der Anwalt ist.«

»Das wäre eine logische Erklärung, wenn der Vermögensverwalter sich da umschaut.«

»Stimmt. Aber ich werde mir den mal näher anschauen, wer weiß, wer weiß. Wolff, genehmigt?«

»Ja Cem, mach das mal.«

Nena fragt mich, ob wir ein paar Tage wegfahren wollen. Sie muss im Studio Urlaub nehmen und hätte zwei Wochen frei. Stimmt schon, wann habe ich das letzte Mal Urlaub gemacht? Vor drei Jahren? Gut, Barcelona, aber war das Urlaub? Es ist nur gerade nicht der günstigste Moment für Ferien, fast alle Reisebuchungen sind storniert und neue werden gar nicht angenommen. Es ist Ende Juli, die Westheim ist verschwunden und wir im Präsidium haben keinen echten Plan, also warum nicht. Ferien in Bayern.

»Nena, wenn ich es mir recht überlege, wohin könnten wir fahren?«

»Weiß nicht. In ein Hotel halt. Irgendwo in die Natur. Wegfliegen mag ich nicht, ich steige nicht in so einen Flieger mit 200 Menschen darin, eng eingepfercht.«

»Normalerweise hätte ich Südtirol vorgeschlagen, aber grad jetzt nicht!«

»Du, eigentlich müssen wir doch gar nicht weg. Es ist bis spät in die Abendstunden warm, wir haben unsere schöne Dachterrasse und wir könnten doch jeden Abend abwechselnd was kochen. Ein Hotel ist schon schön, wenn man sich nur zum Frühstück hinsetzen kann und einem alles gemacht wird. Aber es kostet einen Haufen Geld und dafür können wir hier gute frische Lebensmittel einkaufen. Und du wolltest doch eh noch Wein kaufen, da kannst du auch ein paar Euro mehr hinlegen.«

»Du hast recht. Ich nehme mir auch zwei Wochen Urlaub und dann machen wir es uns hier recht schön. Die Biergärten sind ja auch wieder geöffnet.«

Im Präsidium unterhalten sich Harald und Bettina. Harald ist fest davon überzeugt, dass Klaus Niedenbrock etwas mit dem Verschwinden von Verena Westheim zu tun hat.

»Der war doch verliebt wie ein Irrer und konnte nicht mit ansehen, wie seine Liebe im Knast verrottet. Sie wäre ja wahrscheinlich nie mehr rausgekommen wegen der Sicherungsverwahrung nach der Haft. Das konnte er nicht zulassen.«

»Da ist schon was dran, Harald, aber traust du ihm das zu?«

»Das wüsste ich, wenn ich ihn kennenlernen könnte. Aber halt, hier ist sein Register.«

»Der ist bei uns gespeichert?«

»Ja, da staunst du, was?«

»Schon!«

»Hier, eine Schlägerei in Nürnberg vor fünfzehn Jahren, Geldstrafe, dann eine Alkoholfahrt, sechzig Tagessätze und Führerscheinentzug, wieder eine Prügelei, eingestellt, aber dann. Fahrlässige Tötung unter Alkoholeinfluss am Steuer vor zehn Jahren.«

»Dann saß der!«

»Genau, 14 Monate in der Mannertstraße, dann kam er auf Bewährung raus.«

»Zeig mal das Bild.«

»Das ist aber alt.«

»Mh, da sah er ganz gut aus, ja, soweit ich das beurteilen kann.«

»Soweit du das ... ach so, stimmt ja. Du stehst auf Mädels.«

»Jedenfalls kennt er sich in Nürnberg im Knast aus, das macht ihn schon verdächtig.«

»Da gehört aber mehr dazu. Und du weißt, dass mindestens zwei beteiligt waren bei der Flucht.«

»Na und?«

»Dann der falsche Rettungswagen ...«

»Der war bestimmt gestohlen.«

»Ach ja? Das höre ich zum ersten Mal!«

»Unter uns, wir haben nach der Flucht von Verena Westheim ziemlich schlampig gearbeitet und den Fall recht schnell an den Kriminaldauerdienst abgegeben.«

»Wie das denn?«

»Ruschka war grad nicht da, Wolff war es egal, weil er keine Lust hatte, der Westheim hinterherzulaufen.«

»So kenne ich ihn gar nicht.«

»Eigentlich ist es ja auch nicht unsere Aufgabe, Ausbrechern nachzujagen.«

»Ein gestohlener Rettungswagen wird nicht vermisst?«

»Der wurde dann in Dormitz gefunden.«

»Wo bitte?«

»Ein Kaff bei Erlangen.«

»Die Rettungsgesellschaft sagte, dass der an dem Tag erst Mittag in eine Werkstatt gebracht werden sollte und deswegen ganz in der Früh nicht vermisst wurde.«

»Ach so. Das leuchtet ein.«

»Was sagte Cem noch, der Dr. Niedenbrock war öfter in der Villa. Vielleicht sollten wir den Laden doch mal beobachten.«

»Wir haben das Haus doch durchsucht!«

»Du schaust keine schwedischen Krimis? Die haben da meist so ein Verlies, wo sie die Opfer foltern!«

»Bettina!«

»Was denn, es ist alles möglich. Den Tresor im Boden haben wir letztes Jahr anfangs auch nicht gefunden.«

»Du solltest deine Fernsehgewohnheiten ändern!«

»Ehe ich das vergesse, ich muss mit Ilse reden, wegen der Gefangenenbefreiung, ob die da alte Fälle hat. Seit dem Mord an der Helferin ist ja die Westheim immerhin hoch verdächtig. Dann wären wir wieder zuständig. Und ich geh' mal zur Stadtverwaltung.«

»Zur Stadtverwaltung?«

»Bauamt, ich schau mir die Baupläne der Villa an.«

»Wo das Verlies eingezeichnet ist?«

»Genau ... du wirst schon sehen.«

Ich habe für unsere Dachterrasse einen kleinen Grill gekauft, also wirklich klein, für einige Würste oder zwei, drei Stücke Fleisch. Und einen runden Metalltisch, wo man ihn daraufstellen kann. Grün ist er, innen und außen emailliert. Wenn man die Kohle anzündet und er heiß wird, ändert er außen die Farbe in ein Rot. Nena amüsiert das. Nein, wir möchten keinen Gasgrill für 1500 Euro und dann das Fleisch für eins achtzig im Supermarkt kaufen. Lieber kaufe ich das für gutes Geld bei einem kleinen Metzger in Bubenreuth, der die Herkunft seiner Produkte offenlegt. Ja, die Mentalität der Bürger geht stark in diese Richtung, der 60.000 Euro SUV vor der Haustüre und das Essen vom Billigdiscounter. Der Kasten Bier für sechs Euro und eine Flasche kalifornischen Wein für zwei siebzig. Weißwein versteht sich, der dann bei Zimmertemperatur getrunken wird. Im August. Versteht mich bitte nicht falsch, aber diese Einstellungen der Menschen, also der meisten, konnte ich noch nie begreifen, geschweige denn verstehen. Ich brauche privat eigentlich gar keinen Wagen, aber die Behörde meint, dass ich so ein schwarzes überzüchtetes Ding fahren muss. Gut, irgendwie muss ich mobil sein, aber es täte auch einer drei Nummern kleiner. Heute bin ich mit Kochen, äh, Grillen dran. Ich habe schöne Stücke Lammkotelett und kleine Stücke Rinderfilet eingekauft. Ich lege sie am Nachmittag in Olivenöl, Salz, Pfeffer und Knoblauchstückchen ein. Dazu gebe ich fein geschnittene, frische Chilischoten. Das zieht bis heute Abend gut in das Fleisch. Es gibt keine besondere Beilage, nur frisches Baguette, das ich noch kurz im Backofen warm machen werde. Salat natürlich, Biorucola mit einem roten Dressing aus Olivenöl, Essig, Salz, Pfeffer und frischen Kräutern, die wir in einem kleinen Blumenkasten auf unserer Dachterrasse angepflanzt haben. Und ich war heute noch bei meinem Weinhändler. Ich öffne den empfohlenen

2018er Bansella, Barbera Nizza Monferrato aus dem Piemont. Es kann also ein schöner Abend werden.

»Wo ist eigentlich unser Chef?«

»Wen meinst du Hannah, den Ruschka oder unseren ›Fuchs‹?«

»Wolff natürlich, Bettina, hast du ihn gesehen? Der war doch schon länger nicht mehr hier.«

»Der hat Urlaub.«

»Cem, im Ernst, der Wolff und Urlaub?«

»Jung Verliebte brauchen das!«

»Jung ist seine Geliebte, er weniger.«

»Hannah, du bist neidisch, gib es zu.«

»Ist doch wahr, er könnte eine ganz scharfe Polizistin haben, aber nein, so ein junges Ding aus dem Fitnessstudio muss es sein.«

»Du hattest ihn doch schon, war das soooo toll?«

»Na ja, wenn du mich so fragst, ich würde das gerne wiederhaben.«

»Ohlala, das war deutlich. Wie wäre es mit einem Kollegen von dir, Mittdreißiger, attraktiv, ungebunden?«

Cem lächelt Hannah sehnsüchtig an.

»Cem, vergiss das ganz schnell, nicht wir beide.«

»Fragen kann man ja mal.«

Harald kommt in die Runde.

»Sagt mal, wer ist jetzt eigentlich zuständig bei der Fahndung nach der Westheim, wir oder der Dauerdienst?«

»Ich befürchte, keiner. Sie ist zur Fahndung ausgeschrieben, aber wir suchen doch Mörder, oder?«

»Klar Cem, aber die kalte Verena ist doch seit dem Mord an der Apothekenhelferin unter dringendem Verdacht. Da sind wir doch gefragt!«

»Dann such doch mal schön. Die ist wie vom Erdboden verschluckt.«

»Na, ganz so ist es nicht. Ich habe mir mal die Grundrisse von der Villa am Burgberg angesehen. Also. Wir waren da ja schon einige Male drin. Wenn du in den Keller ...«

»Jetzt kommt das Verlies ...«

»Harald! Jetzt lass mich. Ich wollte ganz am Anfang, also noch vor meinem Abitur, Architektur studieren. Da habe ich mich mit so was befasst und ich habe ein gutes räumliches Vorstellungsvermögen. Also, wenn wir da in den Keller gehen, dann ist der Grundriss nicht viel anders als im Erdgeschoss. Also nicht größer, wenn ihr das versteht. Hier in den Plänen aber geht der Keller bis rüber zu den Garagen und da geht eine Treppe hoch.«

»In den Garagen ist keine Treppe.«

»Klar. Es müssen, also es können da aber weitere Räume sein zwischen Villa und Garagen, die vom Keller aus nicht sichtbar sind.«

»Die berühmte Geheimtür!«

»Und dahinter ist der Sarkophag mit der Mumie!«

»Jetzt Cem. Nehmt mich bitte ernst. Die Nachbarin hat da eine junge Frau gesehen und der Anwalt ist auch dauernd dort. Ganz schön viel Betrieb für eine leere Villa.«

»Der Hausmeister betreibt ein unterirdisches Bordell für Anwälte!«

»Ich geb's auf. Ihr wollt das nicht verstehen.«

»Männer, ich kann Bettinas Vermutung nachvollziehen. Warum nicht? Sehen wir nach!«

»Hannah, wir bekommen mit so einer Geschichte keinen Durchsuchungsbeschluss!«

»Vielleicht sind diese Räume auch nie gebaut worden.«

»Mag sein. Ich werde mich da mal umsehen, wenn keiner von euch mitkommt, mache ich das alleine.«

»Nix machst du alleine, ich komm' mit.«

»Danke Cem.«

Cem und Bettina fahren nach Erlangen, um sich die Villa etwas genauer anzusehen. Sie wollen den Weg zu Fuß über das Bergkirchweihgelände und den Pfaffweg hinauf zur Burgbergstraße nehmen. Bettina hatte den Weg vorher über das Satellitenfoto ausgekundschaftet. Cem erinnert sich noch an den Eingang zum Erichkeller, wo Ilse damals gefangen gehalten wurde.

»Hier, Bettina, hinter dieser schweren Tür da war unsere Kollegin Ilse festgebunden, nachdem sie von diesen französischen Killern entführt wurde, grauenhaft, wenn ich darüber nachdenke.«

»Ich habe mir das erzählen lassen, das war keine schöne Sache. Wolff hat das nie richtig verarbeitet, oder?«

»Unser Wolff, er ist ein sehr guter Polizist, wirklich sehr gut, er ist der ›Fuchs‹, wie ihn alle nennen. Ich habe viel von ihm gelernt, seit ich mit ihm zusammenarbeiten durfte.«

»Aber sein Privatleben?«

»Es ist seine Sache, nur, wenn die schönen jungen Mädchen locken, dann wird er schwach, dann ist es um ihn geschehen. Ilse konnte ihn nicht festhalten, ihn nicht fest an sich binden. Die beiden sind einfach zu verschieden.«

»Sie ist bodenständig, sie ist eine Frau, mit der man ein Leben planen kann.«

»Ja, schon. Aber Wolff interpretiert das als Spießigkeit.«

»Dann hätte er sie nicht heiraten dürfen.«

»Er dachte, er kriegt keine mehr ab.«

»Und dann kam Hannah.«

»Zu spät, da war er schon geehelicht. Bettina, ich will ehrlich sein, ich wäre Hannah auch verfallen, mit Haut und Haar!«

Die beiden nähern sich dem Grundstück, auf dem die Villa steht. Es gibt hier dichte Vegetation, aber sie finden ein freies Plätzchen am Zaun.

»Cem, jetzt nimm mich mal in den Arm.«

»Bettina?«

»Jetzt komm, wir tun so, als ob wir ein Pärchen wären und lehnen uns da an den Zaun.«

»Und ich dachte schon ...«

»Netter Gedanke, oder?«

»Du bist ein super Mädchen!«

»Leider, leider ... du weißt!«

»Ich weiß, ja.«

»Da, schau, zwischen dem Haupthaus und den Garagen rechts sind diese Kellerräume eingezeichnet. Da ist Platz für drei Zimmer, das sind mindestens 45 Quadratmeter.«

»So was kannst du schätzen?«

»Kann ich. Und da, hinter den Garagen ist eine betonierte Fläche mit einem Gitter darin. Das ist vielleicht die Treppe. Aber schau, die Terrassentüre geht auf. Jetzt drück mich!«

»Na gut!«

Bettina lehnt jetzt mit dem Rücken am Zaun und Cem umarmt sie fest.

»Was siehst du?«

»Einen großen Mann. Der lässt die Markise heraus, jetzt stellt er irgendwas auf den Terrassentisch und jetzt hat er uns bemerkt. Bettina, der kommt her.«

»Wos macht'n ihr do, wech vom Zaun, abber schnell, do geht eich gor nix wos oh, hobb, wech do!«

Der grobschlächtige Mann fuchtelt mit den Armen, als ob er einen Fliegenschwarm vertreiben wollte, und kommt rasch näher.

»Los, do habt'er nix verlor'n, wech do, odder ich hol mein' Hund!«

Bettina hat ihn im Rücken und flüstert »Cem, präg ihn dir ein!«

»Ja habt er's ned verstand'n? Fodd!«

Als er nur noch etwa fünf Meter entfernt ist, löst Cem die Umarmung und die beiden entfernen sich langsam von der Umzäunung. Bettina wirft noch einen Blick zurück, dann winkt sie dem wütenden Mann mit ihrem Handy zu.

»Mal sehen, ob was drauf ist.«

»Du hast ...«

»Ein paar Mal auf den Auslöser gedrückt, ja. Der Mann ist nämlich nicht in der Akte erwähnt, als die Hausdurchsuchung gemacht wurde, der war den Kollegen nicht wichtig.«

»Aber dir!«

»Klar. Äh, viel ist nicht zu erkennen, er ist zwar drauf, aber ...«

»Setz' die Techniker dran. Die holen da vielleicht was raus. Ich habe ihn mir so gut wie möglich eingeprägt. Mensch, hat der große Hände, überhaupt, das ist ein furchterregender Hüne, dem möchte ich nachts nicht begegnen. Meinst du, der will was verbergen, weil er gar so heftig war?«

»Na ja, die sind hier oben alle etwas auf ihre Privatsphäre bedacht, aber wer weiß?«

Ilse hatte viele der Gefängnisausbrüche in den letzten Jahren überprüft. In vielen Fällen war Hilfe von innen gekommen, also bestochene Vollzugsbeamte hatten den Weg geebnet. Ein Fall war natürlich ganz spektakulär, in dem sich ein Helfer von einem Hubschrauber abseilte, den Knasti beim Hofgang quasi pflückte und mit nach oben nahm. Das kommt nicht alle Tage vor. Es gab auch ähnliche Fälle, in denen die Gefangenen einen Krankenhausaufenthalt nutzten. Einer schlug einen Arzt nieder und entkam in dessen Kittel. Der war aber nicht lange auf freiem Fuß. Ilse meint, das Entkommen sei nicht so die Kunst, sondern das Untertauchen danach. Das muss gut organisiert sein, dann sind die Erfolgsaussichten umso größer. Wenn dann etwas Gras über die Sache gewachsen ist, eröffnet sich oft der Weg ins Ausland mit einem gefälschten Pass. Verena Westheim hatte erfahrene Hilfe, das dürfte feststehen. Und sie hat die finanziellen Mittel, sich mit Profimethoden abzusetzen. Aber dann müsste der Verteidiger mit drinhängen, der das Geld freigeben kann.

»Ich dachte, seine Ausgaben sind zweckgebunden?«

»Jetzt, wenn man kreativ ist, ist doch alles möglich. Und es werden nicht gleich zwei Millionen nötig gewesen sein!«

»Bettina, schick mir die Fotos von dem Typen, ich versuche mal was. Und Cem soll sich an die Kartei setzen. Gleich.«

Cem sitzt schon eine Stunde ohne Ergebnis am Rechner. Er kann das Alter des Mannes schlecht schätzen. Den Namen weiß er auch nicht. Er kann bestimmte Suchparameter eingeben, aber das alles ist schwierig. Überhaupt, da kann man gleich alle männlichen Strafakten durchsuchen. Unmöglich.

Zwei Stunden später ...

»Da, der könnte das doch sein. Das Alter passt ungefähr, ja, sein linkes Auge hängt minimal tiefer und die dunklere Hautfarbe, also ich denke ...«

»Denken ist nicht wissen, Cem, du musst dir schon sicher sein.«

»Aber Bettina, wir waren doch vorhin da, das muss er sein.«

»Na ihr zwei, fündig geworden?«

»Cem meint ja.«

»Dann sehen wir uns das mal an. Das sind deine Fotos, aufgearbeitet. Wir vergleichen.«

»Ilse, das ist ein Ding. Wie hast du die Aufnahmen scharf gekriegt?«

»Die Semperoni-Methode. Die hilft meistens.«

»Der ist es, was Cem? Der ist das doch!«

»Eindeutig, das isser!«

»Lass mal sehen ... Oskar Machwitz ... oh no ... zwölf Vorstrafen.«

»Alles Gewaltdelikte, Körperverletzung, Erpressung, Raub ... oh, die letzte Tat liegt aber immerhin schon acht Jahre zurück, eine kleine Geiselnahme mit Vergewaltigung beim Überfall eines Supermarkts in Fürth.«

»Und bei dem Register läuft der noch frei herum?«

»Du weißt doch, Cem, die Bewährung ist des Richters Liebling.«

»Na ja, er saß dafür schon sechs Jahre, aber dann raus auf Bewährung. Ach nee, schaut mal, wer damals sein Verteidiger war!«

»Unser Niedenbrock, wer hätte das gedacht.«

»Der hat ihm die Hausmeisterstelle verschafft, das ist nicht ungewöhnlich.«

»Oder er braucht ihn für's Grobe, ihr wisst schon, Opfer einschüchtern und so.«

»Was ihr immer für eine Fantasie habt. Was ist jetzt eigentlich mit seinem Sohn, dem Klausi, kriegen wir den noch oder haben wir es aufgegeben?«

»Wo sollen wir suchen? Die Fahndung wurde mit der Begründung abgelehnt, dass kein Tatverdacht für eine Gefangenenbefreiung vorliege.«

»Kollegen, wir werden schlampig, so kenne ich das nicht.«

»Ilse, es ist August und es ist heiß, wir sind nur etwas langsamer. Und ohne Fahndungsaufruf sehen wir alt aus.«

Ein Kollege kommt herein. Die Erlanger Kripo hat angerufen, es gäbe Arbeit und wir sollten den Karl Schwarz, den Chef der Kripo in Erlangen, sofort zurückrufen. Ilse geht ans Telefon.

»Ja der Schwabb, was gibt es, fehlt dir dein Saufkollege, der Wolff?«

»Ah, die Ilse, was machst du in der Abteilung?«

»Noch gehöre ich zur Mordkommission, wenn auch im Auftrag ihrer Majestät, also mit meinen Spezialaufgaben. Du hast eine Leiche?«

»Woher ...?«

»Würdest du sonst anrufen?«

»Also, hör zu. Kennst du das Selbstmördereck an der Bahnlinie bei Bubenreuth?«

»Nein, nicht wirklich?«

»Als es den Lärmschutzwall dort am sogenannten ›Mausloch‹, das ist die Bahnunterführung von Erlangen nach Bubenreuth, noch nicht gab, warfen sich etliche vor den Zug, der gerade aus dem Burgbergtunnel raste. Die Ecke war bekannt und so durchschnittlich einer pro Jahr wagte den Sprung.«

»Und jetzt?«

»Seltsamerweise ist das abgeebbt, obwohl man nach dem Gleisausbau sinnigerweise extra einen Fußweg dorthin hinter das Tierheim angelegt hatte. Es ist wohl die falsche Seite. Selbstmörder sind wählerisch.«

»Jetzt komm zur Sache.«

»Ja, genau dort, also westlich der Bahngleise hinter dem Tierheim hat ihn vor ’ner Stunde jemand gefunden.«

»Wen?«

»Den Gregory Goodwin!«

»Kenn’ ich nicht!«

»Den Liebhaber von der Verena Westheim, der ihr ein Alibi verschaffen sollte.«

»Oh, ich bin in dem Fall nicht so drin. Wir sollen kommen, nehme ich an.«

»Das wäre sehr schön, gnädige Frau. Und bitte gleich!«

Ilse ruft.

»Cem, Bettina, ein Mordopfer in Erlangen. Ein Gregor Gutwien oder so ähnlich ...«

»Was? Der Hammer, der Bewunderer der kalten Verena, Gregory Goodwin, das ist ein Ding!«

»Ihr sollt hin ...«

»Wo genau?«

»Zum Mausloch ...«

»Wohin?«

»Das kennen angeblich alle Erlanger, irgendwo an der Bahn bei Bubenreuth.«

»Wer hat ihn gefunden?«

»Ein Bahnmitarbeiter. Der war mit Zweigen abgedeckt, aber der Geruch ... gut, dass ich da nicht hinmuss.«

Am Mausloch.

»Do hint'n lichd er, nackert, und der schaut ned werglich gut aus, a weng bluudich isser a! Mensch ham's den herg'richt'!«

Der Kollege von der Erlanger Polizeiinspektion empfängt Cem und Bettina.

»Es ist Goodwin? Das wissen Sie sicher?«

»Der Däder hot kan Werd auf Verduschung g'lecht, waas der Guggug warum. Do hind'n bei der Gleidung wor der Ausweis g'leeng. Ich hob des Bild scho abgleich'n loss'n, soweit des ganga is.«

Der Streifenbeamte zeigt Bettina und Cem den schmalen Weg. Die Bahnstrecke Richtung Süden ist auf dem äußersten Gleis gesperrt worden. Der Weg war angelegt worden, damit man Zugang zu einer Signalbrücke hat, wenn die gewartet werden muss. Es ist sehr heiß an diesem Tag und Fliegenschwärme kündigen die Leiche an, wer weiß, wie lange der da schon liegt. Es sind etwa fünfzig Meter leicht bergauf zu gehen. Dann sehen die Kollegen eine weiße Plane, mit der der Fund notdürftig abgedeckt wurde. Zwei Polizisten stehen daneben und halten sich Tücher vor die Nasen. Es stinkt entsetzlich und verzweifelt versuchen die beiden die Fliegen mit ihren Dienstmützen zu vertreiben. Die Spurensicherung ist noch nicht da.

»Die SPUSI iss aufg'haltn worr'n, a Lkw steht am Frankenschnellwech g'wer.«

»Nur gut, dass wir über die B4 gekommen sind, Cem, wir müssen ...«

»Wir müssen ihn uns ansehen, es hilft nichts, Kollege, nehmen Sie bitte die Plane weg!«

Der Kollege zieht das Gewebe zur Seite. Bettina erschrickt und sieht schnell weg, Cem schließt kurz die Augen.

Der Anblick ist grauenhaft. Goodwin liegt nackt auf dem Rücken, die Arme zur Seite gespreizt. Man sieht deutlich, dass er vor seinem Tod heftig in das Gesicht geschlagen wurde, so bearbeitet und blutig wie das aussieht. Seine Ohren sind abgetrennt und haben hässliche offene Stellen hinterlassen. Die Brust ist über und über mit getrocknetem Blut bedeckt. Man muss kein Spezialist sein, um zu erkennen, dass vier große Wunden dort weit aufklaffen. In zwei der Wunden haben bereits Würmer ihr Werk begonnen. Offenbar wurden sie ihm mit einem großen schweren Werkzeug, wahrscheinlich mit einer Axt, beigebracht. Das Blut hat sich seinen Weg zur Seite auf den mit Unkraut bewachsenen Boden gesucht und ist dort versickert und vertrocknet. Weiter unten zwischen seinen nackten Beinen befindet sich das nicht mehr, was bei einem Mann sonst da ist. Dafür liegt ein blutiger Haufen Fleisch neben seinem linken Fuß, über den sich fette Fliegen hergemacht haben. Cem ist fassungslos. Nur der Anblick des Toten damals auf der Fleischbrücke in Nürnberg war noch unmenschlicher. Bettina ist bleich im Gesicht, aber sonst gefasst.

»Was machen wir, bis die SPUSI da ist? So können wir das nicht lassen!«

»Cem, du weißt, wir dürfen nichts verändern oder berühren, komm, ich mach schon mal Aufnahmen. Wie lange ...?«

»Wie lange der da schon liegt? Puh, bei der momentanen Hitze, noch nicht sehr lange, aber mindestens zwei, drei Tage.«

»Cem, unsere Hilfe naht.«

Drei Kollegen von der Spurensicherung treffen ein und werfen einen ersten Blick auf die Leiche. Ein Kollege wendet sich zur Seite und ringt nach Fassung, der zweite schüttelt den Kopf, der dritte scheint hartgesotten.

»Leggst mich am Orsch, des hot mer heit nu' g'fehlt bei dera Hitz'. Der wor unbeliebt, sehr unbeliebt und hot jemand arch g'ärchert, leggst mich, hams den ferdichg'macht. Loss mich do durch, ich mach des.«

»Wie lange liegt der da?«

»Bei der Hitze, nicht lange, aber das sagt uns ...«

»Der Doktor Rosser, ja sagt, was habt ihr denn hier schon wieder gefunden?«

Dr. Rosser ist auch schon eingetroffen und hat sich seinen Weg durch die vorbildlichen Absperrungen der Erlanger Polizei gebahnt.

Rosser sieht auf die Leiche und schließt kurz die Augen, dann schüttelt er fast unmerklich den Kopf.

»Nein, da lege ich mich noch nicht auf eine Todeszeit fest. Ich will ihn erst auf meinem Tisch sehen, aber erst gestern war das bestimmt nicht.«

»Cem, so etwas habe ich noch nicht gesehen. Dass Menschen so etwas tun können, das ist abscheulich, unmenschlich.«

»Menschen sind zu allem fähig, es gibt keine Grausamkeit, die nicht verübt wird. Du warst da noch nicht bei uns ...«

»Der Fleischbrückenmord?«

»Genau der.«

»Ich habe mir die Akte geholt. So etwas hätte ich mir nie vorstellen können. Aber sag mal, zu der Zeit war doch unser Chef mit Hannah zusammen, da hat es doch gewaltig gefunkt.«

»Hör mir nur damit auf. Ilse und Hannah bei uns im Team und Wolff mit der Hannah im Bett. Die beiden Damen müssen sich sogar bei einer Ermittlung auf offener Straße geprügelt haben[3]. Gut, dass ich nicht dabei war.«

»Das traue ich Ilse gar nicht zu.«

»Oh, die kann sehr hart sein. Nachdem das im letzten Jahr wieder losging mit Wolff und einer jungen Dame hat sie ihn gnadenlos vor die Tür gesetzt. Kann man irgendwie auch nachvollziehen.«

»Bietet sie Wolff zu wenig Frau?«

»Weiß nicht, sie bietet ihm vielleicht zu wenig Jugend und Freiheit. Aber ich bin kein Eheberater.«

»Wolff hat Angst vor dem Älterwerden, stimmt's?«

»Das habe ich jetzt schon.«

---

[3] Krimi »Fleischbrücke«

»Männer!«

»Verdächtigen wir jetzt Verena wegen dem armen Gregory?«

»Da fällt mir spontan nichts Besseres ein, die wollte sich an ihm rächen, weil er im Prozess das Alibi verpfiffen hat. Aber das hat sie doch nicht eigenhändig gemacht, da war doch ein Helfer, ein Killer ...«

»Mh, sie verabredet sich mit ihm hier, so besonders helle war er ja nicht, lauert ihm mit einer Axt auf ...«

»Cem!«

»Was! Zugegeben, die Giftmörderin steht ihr besser, aber warum nicht?«

»Nein. Jetzt komm! Du hast sie gesehen, das macht die nicht auf diese Weise.«

»Wollen wir Wolff informieren?«

»Lass dem mal seinen Urlaub und sein junges Ding. Also, wenn ich auf Männer stehen würde ...«

»Ach nein, dann der Wolff, oder?«

»Interessanter Gedanke!«

Das Team bespricht die bisherigen Ermittlungen in großer Runde, aber ohne Wolff. Ruschka meint, dass man im Grunde genommen nichts hat. Eine vergiftete Apothekenhelferin, einen zerstückelten Goodwin, aber keine Spuren. Nur Hinweise. Harald vertritt die These, dass Verena Westheim wieder aktiv ist und die Stemmermeier aus welchem Grund auch immer beseitigt hat. Vielleicht hat die sie damals beim Verteilen der Drogen beschissen oder sie war mit dem Klausi auch im Bett.

Bettina hält das aber für Blödsinn. Dann müssten die beiden sich ja getroffen haben und bei der Gelegenheit hat Verena ihr eine vergiftete Dosis gegeben? Cem meint, dass die Helferin, nachdem die kalte Verena einsaß, nicht mehr an Stoff kam und was mit dem Niedenbrock junior angefangen hatte, damit der sie weiter beliefert. Aber umsonst? Der durfte mit der Stemmermeier ins Bett und hat ihr dafür immer etwas aus München mitgebracht. Und das hat Verena herausbekommen, als sie draußen war ...

Und warum der Gregory? Rache, weil er sie vor Gericht belastet hat? Aber auf die Art und Weise? Nein, sie hätte sich mit ihm getroffen und ihm eine Prise angeboten, mit Atropin versetzt, versteht sich. Und woher hatte sie das auf einmal wieder? Und als er zu Boden ging, hat sie ihn zerstückelt? Das ist doch alles Bockmist, meint Dr. Ruschka, und so drastisch drückt er sich sonst nicht aus.

»Wann kommt Wolff wieder?«

»Der hat vorhin angerufen, weil der Schwabb ...«

»... ihm von Gregory erzählt hat, klar.«

»Was wollte er?«

»Ins Präsidium kommen.«

»Herrschaften, das habe ich ihm ausgeredet, der hat noch eine knappe Woche Urlaub und dabei bleibt es.«

»Der Chef hat gesprochen.«

»Er meinte nur, dass ja eigentlich alles klar sei und die Westheim, seit sie draußen ist, alle aus dem Weg räumt, die ihr Schwierigkeiten machten. Und wir sollen auf Hannah aufpassen.«

»Wieso auf Hannah?«

Hannah schildert die abendliche Beobachtung auf der Straße vor ihrem Haus.

»Wieso erfahre ich das jetzt erst, Hannah de Fries?«

»Dr. Ruschka, ich habe es Wolff gesagt, aber ich wollte keine Schutzmaßnahmen, ich kann auf mich aufpassen.«

»Nun, das wird aber letztlich meine Entscheidung sein. Und jetzt nach der Hinrichtung von Goodwin ...«

»Hannah, ich traue mich nicht, dich zu fragen ... nein ... doch, du hast doch jetzt Platz ... nimmst du mich in deiner Wohnung auf?«

»Bettina?«

»Ich bin aus meiner Bude rausgeflogen und nur vorübergehend bei einer Freundin untergekommen. Aber deren Freund will nicht, dass ich weiter da wohne, der hat Angst, dass ich sie verführe. Zu zweit könnten wir doch besser aufpassen.«

»Das halte ich für eine gute Idee, Frau de Fries!«

»Na gut, aber nicht für ewig, ich bräuchte mal wieder einen Mann ...«

Cem grinst.

»Nein Cem, so war das nicht gemeint!«

»Gut, dann bin ich erst mal beruhigt. Frau Saalfrank, Sie passen auf Hannah auf. Aber bei unseren Mordfällen sind wir nicht ein Stück weiter. Was sagte Wolff noch am Telefon, schaut nicht nur um die nächste Ecke, sondern auch um die übernächste. Typisch.«

»Nun, das hat ihm immer Erfolg gebracht, dem ›Fuchs‹ Wolff Schmitt.«

»Bettina, was hattest du für ein Gefühl bei dem Anblick dieses Machwitz da oben in der Villa?«

»Cem, kein Gutes. Das ist ein grobschlächtiger Hüne. mit Händen wie ...«

»Sprich es nicht aus. Wenn der auf einen losgeht, dann gute Nacht.«

Bettina schildert Dr. Ruschka kurz die Begegnung am Burgberg.

»Hm, das wäre der passende Täter für das Mausloch, grob, brutal, eiskalt und emotionslos. Aber das Motiv?«

»Der Klausi hat die Verena befreit und nun müssen ein paar Belastungszeugen dran glauben. Aber das macht man nicht selbst, sondern man lässt ...«

»Hannah, deine Fantasie!«

»Nein, im Ernst, der Nächste wird der Anwalt sein, die brauchen Geld und kommen nicht ran, so lange er der Verwalter ist.«

»Und dann?«

»Dann legt der Klausi eine rückdatierte Vollmacht vor, holt die Kohle und weg sind sie. Cayman Islands und gut.«

»Na, ganz so einfach ist es nicht, Frau de Fries, Immobilien kann er nicht verkaufen, da braucht er eine notarielle Vollmacht. Und die kann nicht rückdatiert werden. Und auch ein Unternehmenskauf sollte notariell beglaubigt sein.«

»Was ist, kriegen wir jetzt eine Fahndung für den kleinen Niedenbrock?«

»Ich telefoniere mit dem Staatsanwalt.«

Nena bringt mir einen Kaffee ans Bett. Unser Urlaub geht zu Ende und so recht Lust auf meinen Job habe ich gerade nicht. Es waren herrliche Tage hier mit Nena. Wir genossen die Abende auf der Dachterrasse mit leiser Musik, einem Glas Wein und wir waren uns selbst genug. Unser kleiner Grill erwies sich als gute Anschaffung und wir nutzten ihn ausgiebig. Wir gingen nicht sehr oft zum Training, dafür aber umso lieber in einen Biergarten. Wir erlebten zärtliche Nächte, ohne an ein Morgen denken zu müssen. Ich habe noch nie so eine liebevolle und harmonische Zeit erlebt.

Das Angebot von meinem Chef geht mir wieder durch den Kopf. Egal, heute entscheide ich nichts. Ich nehme Nena in den Arm und küsse sie zärtlich. Wir lassen unserer Leidenschaft ihren Lauf und schlafen glücklich noch einmal ein, niemand wartet auf uns, niemand stört uns.

Die Fahndung nach Klaus Niedenbrock läuft. Ich lasse mir von Harald berichten, was während meines Urlaubes geschehen ist. Die Theorie, dass dieser Klaus Niedenbrock an der Flucht von Verena Westheim beteiligt war, leuchtet mir ein. Der wollte sie wiederhaben und riskierte alles. Aber er muss mindestens einen weiteren Helfer gehabt haben, die falschen Sanitäter waren immerhin zu zweit. Zuerst dachten wir, dass die Vorbereitung so einer Flucht viel Geld kostet, aber wir verwarfen diese Meinung wieder. Vielmehr kommt es auf einen ständigen Kontakt zwischen Fluchthelfer und Häftling an, das Timing muss stimmen. Und außerdem war der Rettungswagen geklaut, also quasi umsonst. Da kommt mir die Idee, ob da nicht einer mit dahintersteckt, der für die Dinger zuständig ist. Das wäre eine ganz einfache Sache gewesen. Hannah soll sich mal darum kümmern. Aber wer hat den armen Gregory auf dem Gewissen? Verena? Nein, ganz sicher nicht, das traue ich ihr nicht zu, dazu ist sie nicht fähig. Wenn überhaupt, dann hat sie jemanden beauftragt. Aber der macht kurzen Prozess und veranstaltet kein solches Gemetzel. Das macht kein Auftragskiller. Gut, ich hatte schon einmal einen Fall, bei dem der Killer bestimmte Anweisungen ausführen sollte, der sollte seinem Auftraggeber damals die Nase und ein Ohr zuschicken, aber das hier, nein. Das passt nicht ins Schema. Vielleicht hat der Goodwin-Mord rein gar nichts mit Verena zu tun. Der ist jemanden auf den Schlips getreten mit seiner blöden Art. Oder er war wieder an einer schönen Frau dran und hat nicht mit dem rachsüchtigen Ehemann gerechnet, der ihm dann auch das Allerheiligste abgeschnitten hat. Möglich, denkbar, aber unwahrscheinlich. Wir müssen den Klausi finden, dann kommt Licht in die Sache. Oder am besten gleich die kalte Verena. Und irgendwie passt mir der alte Niedenbrock nicht. Das ist doch ein richtiges Schwein. Ich habe ihn schon zwei Mal bei einer Strafsache als Verteidiger erlebt. Komisch, bei der Verteidigung von der Westheim war er relativ brav, also für seine Verhältnisse. Den nehme ich mir selbst vor.

Wir haben einen Neuzugang in der Abteilung. Ilse ist nicht mehr dabei und Herbert schon länger nicht mehr. Wir waren sechs, jetzt sind wir zu fünft und Ruschka hat Verstärkung beantragt. Dinh Nguyet Anh heißt sie, ist eine 29-jährige Kriminalkommissarin, die mit ihren Eltern vor 25 Jahren zu uns nach Deutschland gekommen ist und die mir Dr. Ruschka gleich vorstellen wird. Sie sitzt mit dem Rücken zur Tür, als ich das Büro des Chefs betrete.

»Ah, Wolff, kommen Sie doch herein, hier, setzen Sie sich zu uns. Ich darf ihnen Frau Kriminalkommissarin Dinh vorstellen.«

Ich gehe um den Besprechungstisch herum, ziehe den Stuhl etwas zurück und mein Blick fällt auf die junge Frau. Ich bleibe stehen und vergesse mich zu setzen. Es blickt mich ein Wesen an, das nicht von dieser Welt sein kann. Und als sie noch ein Lächeln aufsetzt, als sie mich sieht, muss Ruschka sichtlich überrascht eingreifen.

»Wolff, nun setzen Sie sich doch!«

Wie in Trance setze ich mich auf diesen Stuhl, rücke ihn näher an den Tisch, aber ich bringe kein Wort heraus. Was ist das? Mich trifft ein Blick, wie er süßer nicht sein kann, aber gleichzeitig aus dunklen Augen, die tiefer blicken lassen als der unendlichste Ozean es an seiner tiefsten Stelle zulassen könnte. Diese traumhaft schönen Augen mit nur ganz leicht asiatischen Zügen gehören zu dem Gesicht eines sehr jungen Mädchens, in dem aber die Erfahrung und die Leidenschaft einer erwachsenen Frau die Jugend überstrahlen. Die makelloseste Haut, die ich mir in meinen Träumen nicht vorstellen konnte, ziert ihr Gesicht und führt meinen Blick bis zu dem knappen Dekolleté und der leichte Ausschnitt ihres T-Shirts stoppt meine Neugierde, aber nicht meine Vorstellung. Langsam beendet sie ihr Lächeln und sie schließt und öffnet ihre kleinen, aber vollen Lippen. Ihre langen, tiefschwarz glänzenden Haare umfließen in leicht gedrehten Wellen das schönste Gesicht, das man sich vorstellen kann, und reichen dann hinunter bis zu ihrer Taille, ihre Haut ist wie Alabaster und dennoch leicht dunkler getönt. Von ihrer Traumfigur, die ich auch sehe, obwohl sie sitzt, ganz zu schweigen.

Ruschka stupst mich an.

»Wolff Schmitt, das hier ist unsere neue Mitarbeiterin Dinh Nguyet Anh, Kriminalkommissarin mit einem mit Auszeichnung beendeten Studium. Frau Dinh wird uns sicher gut unterstützen. Übrigens, Nguyet bedeutet ›Mondschein‹. Sie sagen ja gar nichts?«

Das ist nicht nur der Mondschein, der mich anblickt, nein, das sind Sonne, Mond, Sterne und die zarteste Morgenröte der ganzen Welt zusammen.

»Oh, ja, Chef ... äh ... Frau Dinh ... ja ... freut mich, Sie kennenzulernen. Ich bin hier im Allgemeinen der Wolff ... äh ... ja ...«

»Der ›Fuchs‹, wie man Sie hier nennt. Nun, ich musste natürlich etwas nachforschen, bevor ich mich auf diese Stelle beworben habe. Ausschlaggebend waren die Ermittlungserfolge der Abteilung und die überall gelobte Teamarbeit. Allerdings ...«

»Allerdings?«

»Allerdings blieben Ihre Frauengeschichten, Herr Schmitt, natürlich nicht verborgen, es müsste Ihnen bewusst sein, dass das keine Geheimnisse im Nürnberger Polizeiapparat sind.«

»Und dennoch ...«

»Dennoch wollte ich hier zu Ihnen in die Abteilung. Ihre Geschichten sind Ihre Geschichten und Ihre Privatangelegenheiten. Für mich zählen ausschließlich die Arbeit im Team und die kriminalistische Tätigkeit, also, wir bleiben schön kollegial. Verstanden?«

Ruschka sieht mich ernst an, aber ich sehe, wie er ein verschmitztes Grinsen unterdrücken muss.

»Ja, alles klar, wir arbeiten zusammen und ich freue mich darauf. Dann hätte ich auch gleich eine Aufgabe für Sie, das besprechen wir nachher. Äh, noch was, ich bin glücklich mit einer Frau und gerne gebunden, das wollte ich noch sagen.«

»Dann verstehen wir uns.«

»Sehr schön. Dann gehen wir zu mir ins Büro und ich zeige Ihnen, was Sie im Moment anpacken können.«

»Herr Schmitt?«

»Uh nein, so war das nicht gemeint, bitte, wir Franken drücken uns manchmal zweideutig aus.«

Sie lacht und folgt mir.

Ich schildere kurz unseren aktuellen Fall, also die Flucht von Verena Westheim und die beiden Morde. Sie soll sich erst die Akten ansehen und sich dann den alten Niedenbrock vornehmen, ich mach' das doch nicht selbst.

»Dieses alte Schwein führt irgendwas im Schilde, ich spüre das. Der arbeitet mit allen Mitteln und wir müssen herausfinden, was er gerade als Vermögensverwalter der Westheim vorhat.«

»Ich mache mich an die Arbeit. Übrigens, ich war etwas hart zu Ihnen vorhin im Büro des Chefs, war nicht so gemeint.«

»Besser, ich bin gewarnt!«

Und schon schwebt dieses außerirdische Wesen aus meinem Büro. Wolff Schmitt, jetzt reiß dich bloß zusammen.

Ich bin bei Dr. Rosser in Erlangen. Die Todesursache bei Gregory Goodwin ist schnell erklärt. Er wurde zuerst brutal zusammengeschlagen, vor allem im Gesicht und wohl mit bloßen Fäusten. Rosser vermutet, dass er bereits bewusstlos war, als der Täter ihm mit einer Axt den Brustkorb zerschlug. Vier tiefe Hiebe haben so viel Blut freigesetzt, dass er sofort verblutete. Dann ging es an die Ohren, die der Täter mit einem sehr scharfen Messer abtrennte.

»Die übrigen Verletzungen weiter unten, sie wissen schon, wurden ihm ebenfalls mit diesem Messer beigebracht, aber zu dem Zeitpunkt muss er schon tot gewesen sein. Die Ohren und den Rest warf der sehr, sehr kräftige Täter dann einfach neben dem Opfer auf die Erde.«

»Wie kräftig?«

»Nun, Goodwin war durchtrainiert und nicht der Kleinste, etwa einsfünfundachtzig. Der Täter muss wesentlich größer sein, dafür sprechen die Verletzungen durch die Schläge in das Gesicht. Die Hiebe kamen von schräg oben und Goodwin dürfte schon nach dem ersten Schlag keine Gegenwehr mehr gehabt haben. Und für die Axthiebe war viel Kraft notwendig. Man glaubt gar nicht, wie stabil so ein Brustkorb ist und der federt ja erst mal zurück.«

»Also sicher ein Mann!«

»Ganz sicher. Ich schätze über zwei Meter groß und mindestens 100 Kilogramm schwer.«

»Hat er Spuren hinterlassen?«

»Das müssen Sie ihre Kollegen von der Spurensicherung fragen, ich schneide hier nur Leichen auf. Übrigens, der liebe Goodwin muss vorher eine schöne Prise Kokain genossen haben und dazu einen guten Schluck Whisky. Ach ja, die Tatzeit. Gefunden wurde er am 21. August am Mittag. Das war ein sehr heißer Tag mit 37 Grad und auch die drei Tage vorher sank das Thermometer am Tag nicht unter 28 Grad. Genau kann ich das bei den Temperaturen nicht bestimmen, aber es müsste im Laufe des 18. August gewesen sein, eher so in den frühen Abendstunden.«

»Haben Sie fremde DNA gefunden, ich meine, wenn der den im Gesicht geschlagen hat?«

»Ich habe hauptsächlich Dreck aus den Wunden im Gesicht gesichert, der Täter muss richtige Dreckpfoten gehabt haben. Nein, DNA konnte ich nicht isolieren!«

Die Spurensicherung hat ihren Bericht vorgelegt. Eine Axt wurde tatsächlich weiter hinten vor dem Tunneleingang gefunden. Der Täter hinterließ jede Menge Spuren und am Axtstiel wurde seine DNA gefunden und isoliert. Fingerabdrücke fand man nicht, die Hände des Täters waren zu dreckig. Dafür konnten aber Schuhabdrücke Größe 48 auf dem Weg und neben dem Opfer mit Gips ausgegossen und gesichert werden.

Ich sehe mir mit Bettina den Bericht an und erzähle von meinem Gespräch mit Dr. Rosser.

»Der Hüne vom Burgberg!«

»Der was?«

»Der Hausmeister in der Villa der Westheims, der passt genau auf die Täterbeschreibung. Das ist so ein angsteinflößender Riese mit Händen wie ›Abbortdeggl‹, wie ihr Franken sagt.«

Bettina erzählt von ihrem Ausflug mit Cem und dem Strafregister von Oskar Machwitz.

»Und da ist was unter der Erde, das sag' ich dir, Wolff. Der hat uns gleich verscheucht, als wir da ein Liebespaar gespielt haben.«

»Ist seine DNA in der Akte?«

»Soweit ich mich erinnern kann, ohne nachzusehen, nein, nur die Fingerabdrücke. Ich seh' noch einmal nach. Wir fragen ihn einfach nach seinem Alibi für die Tatzeit, das bringt uns doch weiter.«

»Schau erst noch in die Akte.«

»Wolff, die Neue, wow, wird sie gefährlich für dich?«

»Sagen wir es einmal so, es gibt wahrscheinlich keinen normal gesunden und an Frauen interessierten Mann, der sich nicht in diese überirdische Traumfrau verlieben würde.«

»Dann ist es dir schon wieder passiert?«

»Nein, diesmal nicht!«

»Ganz sicher?«

»Ganz sicher!«

Hoffentlich.

Nach 15 Minuten ist Bettina zurück und hat die Kartei von Machwitz durchsucht. Treffer. Seine DNA wurde nach der Geiselnahme in Fürth sichergestellt, nachdem er bei seiner Verhaftung bestritten hatte, die Verkäuferin zwei Mal vergewaltigt zu haben, während er sie als Geisel festhielt.

»Jetzt müssen wir nur noch vergleichen!«

»Mach das, Bettina, ich alarmiere die Kavallerie, Durchsuchungsbeschluss, SEK, das ganze Programm.«

»Vergiss nicht die Rückseite des Anwesens abzusichern, nicht wie bei den Fernsehkrimis, in denen das SEK vorne hineinstürmt und der Täter hinten über den Balkon flüchtet!«

»Heiße ich Felix Voss?«

Bettina lacht laut los.

Es ist der 1. September 2020 um 6.30 Uhr und ein kleiner Konvoi von Streifenwagen und Polizeibussen biegt in die Burgbergstraße in Erlangen ein. Gleichzeitig nähern sich Cem und Harald mit zwei weiteren SEK-Beamten der Villa Westheim von hinten über den Pfaffweg. Als alle ihre Positionen bezogen haben, steige ich neben den Garagen über den Zaun, taste mich an den Garagentoren entlang, damit mich niemand vom Haus aus sehen kann. Hannah ist dicht hinter mir. Ich ducke mich und bin rasch mit kleinen Schritten an der Hausecke. Geschafft, wir sind neben der mächtigen Haustür. Hannah kann solche Einsätze nach ihrer schweren Verletzung damals in den Wellucken wieder mitmachen, wie sie mir versicherte. Wir positionieren uns links und rechts neben der Türe und ich betätige die Klingel. Die Kollegen mit ihrer Sturmausrüstung haben sich ebenfalls schon hinter uns und um das Haus herum in Position gebracht und auch wir tragen Schutzwesten. Die Türe wird einen Spalt breit geöffnet, dann etwas weiter.

»Polizeieinsatz, kommen Sie ganz langsam heraus, das Anwesen ist umstellt und abgesichert!«

Die Türe wird weiter geöffnet und eine Männerstimme ruft: »Ich bin unbewaffnet und komme vor die Tür!«

Ein sichtlich dicker Mann kommt langsam heraus und ich nehme meine Waffe fester in Anschlag. Er bleibt stehen und dreht sich zu mir.

»Ja, Herr Kommissar, was verschafft mir die Ehre?«

Das darf nicht wahr sein, Rechtsanwalt Dr. Niedenbrock steht vor mir und grinst mir ins Gesicht.

»Auch wenn Sie mir bekannt sind, wir haben einen Durchsuchungsbeschluss für dieses Haus und Sie müssen jetzt diese Tür freimachen.«

»Ich muss gar nichts ...«

Er macht dummerweise eine ruckartige Bewegung mit dem linken Arm in Richtung seiner Jackentasche und schon packt ihn ein Kollege von hinten, zieht den Arm hoch und zwingt ihn zu Boden. Ein weiterer Beamter hilft ihm, den Mann mit einem Kabelbinder zu fesseln. Der fette Niedenbrock quiekt wie ein kleines Schwein, das man mit Gewalt in einen Pferch schiebt und stößt dann unverständliche Silben aus. Irgendwas mit »bereuen« und »Klage« und so weiter. Die Kollegen bringen ihn zu einem der Einsatzfahrzeuge und vier andere dringen mit vorgehaltener Waffe in die Villa ein. Hannah und ich folgen. Zwei Kollegen sichern die Garagen und zwei weitere gehen um das Haus herum. Ich funke Cem und Harald an, dass die Rückseite gesichert ist und sie zu uns stoßen sollen, und bleibe mit Hannah zunächst im Empfangsbereich. Wir warten, bis die anderen das Erdgeschoss und den ersten Stock durchsucht haben. Niemand ist da, auch im Speicher nicht.

»Wolff, jetzt suchen wir Bettinas Verlies, das wird spannend.«

»Wieso ist die nicht da?«

»Die hat heute Morgen gekotzt und war käsebleich im Gesicht. Sie liegt im Bett.«

»Dann müssen wir die Folterkammer alleine suchen!«

Wir folgen zwei Kollegen in Schutzkleidung in den Keller. Ein üppig gefüllter Weinkeller ist genau wie eine völlig verschmutzte Waschküche und vier weitere Räume ohne einen Menschen darin.

»Wolff, Bettina sagte mir noch, dass wir vom Eingang gesehen links nach verborgenen Räumen suchen müssen, also Richtung Garagen. Das müsste dann hier sein.«

Hannah deutet auf eine Wand, vor der schwere Regale mit allerlei Kisten stehen. Wir lassen die Regale beiseiteschieben. An der ehemals weißen Wand sieht man die Stockflecken, die sich über Jahre hinter den Regalstreben gebildet haben. Hier war wohl nie ein Durchgang, den man hätte verbergen können. In dem anderen Raum an der östlichen Seite finden wir ebenfalls keine Spuren, die auf weitere Zimmer hinweisen. Ich klopfe die Wände mit einem großen Hammer ab, der da in den Regalen lag, aber es scheint alles fest zu sein. Kein Hohlraum.

Gut, dann war die Aktion soweit umsonst, aber die Spurensicherung muss noch rein. Machwitz war jedenfalls vor dem Mord an Goodwin noch im Haus.

Der immer noch im Einsatzwagen festgebundene Niedenbrock tobt.

»Schmitt, das war ihr letzter Einsatz. Die Dienstaufsichtsbeschwerde ist praktisch schon unterschriftsreif und eine Strafanzeige wegen Freiheitsberaubung geht heute raus. Ich mach' Sie fertig, Sie Dilettant. Und jetzt machen Sie mich los, sofort!«

»Nur mal langsam mit den jungen Pferden, Herr Rechtsanwalt. Wo ist Oskar Machwitz?«

»Ich habe anwaltliche Schweigepflicht.«

»Nun, dann war der vor etwa zwei Wochen auch nicht hier auf dem Anwesen?«

»Muss ich mich wiederholen?«

»Gut, Oskar Machwitz steht unter dem dringenden Tatverdacht, am 18. August unten am Mausloch Gregory Goodwin brutal ermordet zu haben. Gregory Goodwin war ein guter Bekannter Ihrer Mandantin Verena Westheim. Und nach Auskunft der Nachbarn war dieser Machwitz hier lange so eine Art Hausmeister. Es gibt Zeugen, Herr Rechtsanwalt.«

Niedenbrock sieht mich ungläubig an, dann muss er überlegen.

»Da müssen Sie ja schöne Beweise haben, Schmitt!«

»So handfeste Beweise, dass ich mir überlege, auch mal in der Anwaltschaft nachzuforschen! Also, wo ist der Mann!«

Niedenbrock zieht eine Augenbraue hoch.

»Sie meinen den Mann, den ich als Verwalter hier hatte? Der heißt nicht so und den habe ich Mitte August rausgeworfen. Zu viel Alkohol!«

Du altes Lügenschwein, denke ich mir.

»So, wie heißt der denn dann?«

»Da muss ich den Vertrag ansehen, das fällt mir jetzt gerade nicht ein.«

Ich schicke den Kollegen weg.

»Pass auf Niedenbrock, mich verarscht man nicht und du schon gar nicht. Du hast so viel Dreck am Stecken, dass der bis nach Gostenhof stinkt. Dein scheiß Spiel spiele ich nicht mit. Übrigens, die Nachlassakte von der Westheim war sehr interessant. Die Kohle lockt, oder?«

Niedenbrock wirft seinen Kopf zurück und fängt an laut zu lachen.

»Was sind Sie für ein Dummkopf, Schmitt, Sie wissen gar nichts. Sie haben ja nicht einmal eine Ahnung, was in der Welt so alles möglich ist, da sind Sie zu klein dafür.«

»Gut, wenn Sie meinen. Ich werte die hastige Bewegung da vorhin als Widerstand. Wir haben uns bedroht gefühlt und wir nehmen Sie jetzt vorläufig fest. Außerdem gibt es da noch so Paragrafen wie Beihilfe oder Anstiftung. Na, klingelt's? Vielleicht fällt Ihnen ja in der Zelle während der nächsten 48 Stunden der Name Ihres Hausmeisters ein. Kollege, wir nehmen ihn mit.«

»Nein, nein, nein, nein, nein! Das machen Sie nicht!«

»Abführen!«

»Ach, jetzt fällt mir der Name wieder ein! Ja, ja. Machwitz könnte stimmen, könnte wirklich stimmen.«

»Wo ist der?«

»Keine Ahnung, wie gesagt, ich habe ihn rausgeworfen, was denken Sie denn, warum ich nach dem Rechten sehen muss?«

»Wann genau war das?«

»Das muss so um den 10. August gewesen sein.«

»Moment.«

Ich gehe hinüber zu Cem, der sich mit Harald unterhält.

»Cem, sag mal, wann warst du mit Bettina hier und hast den Machwitz gesehen?«

»Lass mich nachsehen.«

Cem sieht in sein Handy.

»Das war am 15. August, etwa 14 Uhr.«

Ich gehe wieder zu Niedenbrock, der immer noch Flüche wegen seiner Festsetzung von sich gibt. Ich setze mein schönstes Grinsen auf.

»Könnten wir das mit der Entlassung vielleicht etwas näher eingrenzen, also wann genau?«

»Es reicht jetzt langsam, Schmitt!«

»Wie gesagt, eine Arrestzelle wäre frei«, hauche ich lächelnd.

»Das bereuen Sie noch. Also, das muss am 12. August gewesen sein, ja, das war am 12. August.«

»Und er hat das Anwesen sofort verlassen?«

»Sofort, ich habe ihm die Schlüssel abgenommen, das besoffene Schwein in ein Taxi gesetzt und weg war er!«

»Gut gelogen! Kollegen, abführen!«

»Sind Sie wahnsinnig? Ich bin Rechtsanwalt, so leicht führen Sie mich nicht ab. Das wird ein grandioses Nachspiel haben. Sie lassen mich jetzt sofort gehen!«

Ich beuge mich noch kurz in den Wagen.

»Ich sagte doch, du verarscht mich nicht. Ich reagiere ganz allergisch, wenn das einer so dümmlich versucht. Da musst du etwas früher aufstehen.«

»Kollege Arslan, bitte belehren Sie den Herrn über seine Rechte und dann ab in die Zelle. Der Vorwurf ist Widerstand gegen Vollstreckungsbeamte und Beihilfe zum Mord. Er hat einen Anruf!«

Das versetzt Niedenbrock in Schockstarre. Er sieht mich mit weit aufgerissenen Augen an und Speichel läuft ihm aus den Mundwinkeln. Der Streifenbeamte schlägt die Wagentüre zu und sie fahren mit ihm weg. Mit den Tatvorwürfen werde ich nicht durchkommen und nach einigen Stunden wird er wohl wieder auf freiem Fuß sein. Aber bekanntlich mag ich solche über dem Gesetz stehende Typen nicht. Ich will ihm zeigen, dass er einen ernstzunehmenden Gegner hat.

»Wolff, komm' bitte mal her.«

»Hannah?«

»Sieh dir doch diese Betonfläche hinter der Garage an. Die mit dem Eisengitter darüber.«

»Bettinas Verlies?«

»Lass sie halt, aber seltsam ist das schon. Sieh hier, da ist eine fast quadratische Vertiefung und darüber ist dieses Gitter, das macht irgendwie keinen Sinn.«

Ich hebe das schwere Gitter zur Seite und stelle mich in die Mitte dieser Vertiefung.

»Das ist alles sehr fest Hannah, hier, keine hohle Stelle.«

Ich klopfe mit einem Stein alles ab.

»Ich habe auch die Garage von innen schon abgesucht, aber da sind nur abgenutzte Wände, wie im Keller. Lass uns das mal im Auge behalten, ich mach' eine Aktennotiz. Wolff, jetzt wohnt Bettina einige Zeit bei mir, aber danach kommst du zum Essen, ja?«

»Ach Hannah!«

Sie tritt nah an mich heran, nimmt meine Hände, dann stellt sie sich auf die Zehenspitzen und drückt ihre Lippen auf meinen Mund. Ich bewege mich nicht und dieses süße Gefühl weckt tief verborgene Erinnerungen in mir. Hannah geht einen Schritt zurück.

»Hey Wolff, melde dich einfach!«

Niedenbrock musste doch eine Nacht in der Zelle verbringen, weil er die zwei Beamten, die ihn dorthin brachten, derart beleidigte, dass die ihn weder anrufen ließen noch auf seine Schreie reagierten. Mir gefällt diese Einstellung. So etwas darf aber nicht dazu führen, dass sich Kollegen über die Vorschriften erheben, um ihre Macht für Grausamkeiten zu benutzen.

»Kollegen, er hat das verdient, das alte Schwein, aber bitte macht das nicht noch einmal. Das gibt sicher ein Nachspiel.«

»Wieso? Wir haben ihm ein Telefon in die Zelle mitgegeben, nur war leider die Batterie gleich leer. Und er wollte eine Flasche Wein. Die müssen wir ihm doch nicht geben, oder?«

»Ihr wisst, was ich meine. Hatte er wenigstens Wasser?«

»Er hat uns die Plastikflasche nachgeworfen und meinen Kollegen am Kopf getroffen, dann war sie halt leer!«

Dr. Ruschka ruft mich zu sich.

»Machen Sie die Tür hinter sich zu, Wolff.«

Ich setze mich zu ihm an den Besprechungstisch.

»Sie haben den Niedenbrock festgenommen?«

»Ist schon wieder draußen. Aber wir hatten unsere Gründe. Er hat bei unserem Einsatz Widerstand geleistet und er hat mich vorsätzlich angelogen. Chef, ich glaube, dass er hinter dem Mord an Goodwin steckt.«

»Das ist gewagt, welches Motiv sollte er haben?«

»Da kam mir vorhin so ein Gedanke. Er kommt an das Geld von der Westheim nicht ran, obwohl es ihn gewaltig juckt. Er darf nur die notwendigen Verfügungen tätigen, um die Apotheken am Laufen zu halten und das Vermögen zu verwalten. Sie kann auch nicht ran, weil sie dann auffliegen könnte. Also, sie kann nicht einfach so in eine Bank marschieren.«

»Online?«

»Herrmann, wir haben das alles sperren lassen, sie selbst kann da gar nix.«

»Sicher?«

»Ja. So, der nette Anwalt hilft ihr, den Gregory zu beseitigen, um ihr einen Gefallen zu tun. Vielleicht erweitert sie dann die Vollmachten. Goodwin hat sie vor Gericht ziemlich reingeritten und wenn ich ehrlich bin, er hat da mutig übertrieben bei seiner Aussage. Ich war dabei. Gut, sie hätte eh lebenslänglich bekommen, aber die Sicherungsverwahrung? Die hängt von der kriminellen Energie ab. Jedenfalls, gefallen hat ihr das sicher nicht.«

»Stimmt schon, sie ist voll geschäftsfähig, darf also Rechtsgeschäfte abschließen. Er darf nicht verraten, wo sie ist. Aber geht der so weit, einen Mord zu beauftragen?«

»Wieviele Millionen waren das noch, zehn oder so?«

»Wolff, Sie haben immer Gedanken in die richtige Richtung. Wenn es um Geld geht, sind die Menschen zu allem fähig, das ist schon richtig. Er wird scharf auf den 181er sein.«

»Damit er Vermögen auf sich übertragen kann. Das wäre einen Gedanken wert.«

»Gewagt, gewagt. Aber eine andere Frage, Wolff. Wie sieht es mit meinem Angebot aus?«

»Ich habe mir Gedanken gemacht Chef. Herrmann, ich bin nicht geschaffen für so eine Aufgabe. Ich kann nicht hier am Schreibtisch ... Sie verstehen ... ich muss frei sein. So verlockend das Angebot ist und so dankbar ich für das große Vertrauen bin, ich kann das nicht machen. Ich bin gerade glücklich, so wie die Dinge laufen.«

»Endgültig?«

»Ja. Kurz und bündig.«

»Respekt, mein lieber Wolff, kaum einer hätte dieser Verlockung widerstehen können. Karriere und Geld, das zählt heutzutage. Es gibt hier einige, die entfernt in Frage gekommen wären, keiner hätte abgelehnt, keiner.«

»Sie wissen Herrmann, der Weidenbaum. Ich bin der Weidenbaum im Horoskop. Doch die Geborgenheit in Ihrem Job ist mir einfach zu viel, viel zu viel.«

»Sie und Ihr Baumhoroskop! Was macht die Beziehung?«

»Alles gut. Aber weil Sie gerade danach fragen, ich wüsste jemanden für die Aufgabe.«

»Wolff? Ich habe lange nachgedacht, aber niemanden ernsthaft außer Wolff Schmitt gefunden!«

»Ilse. Ilse Merkel. Und sie hat ein Studium, im Gegensatz zu mir. Sie ist erfahren, integer, leitet eine kleine, eigene Abteilung und war immer erfolgreich und loyal. Und sie wäre die erste Frau in dieser Position hier in Mittelfranken.«

»Der ›Fuchs‹ hat gesprochen, alle Achtung. Sie empfehlen Ihre Exfrau. Jetzt bin ich sprachlos. Wie alt ist Ilse jetzt?«

»Ilse wird im Oktober 44. Also ist sie nicht so viel jünger als ich. Wenn Sie einen 48-Jährigen für die Stelle vorschlagen, dann geht das doch auch für eine 44-jährige Frau, oder?«

»Ich will es nicht verheimlichen, Wolff, ich habe schon etwas vorgefühlt. Ich hatte viel Zustimmung für meinen Vorschlag, Sie zu bestimmen, aber Sie wissen, wie weit das Kreise nach oben zieht, so eine Stellenbesetzung. Sie können sich denken, wer da alles sein Veto angekündigt hat.«

»Ich kann es mir denken. Machen Sie sich keine Gedanken, Herrmann, ich habe mich völlig aus freien Stücken entschieden. Aber ich bin Ihnen sehr dankbar und der festen Meinung, dass Sie mich durchgeboxt hätten.«

»Worauf Sie sich hätten verlassen können, Wolff. Ilse Merkel ist immerhin schon Hauptkommissarin. Darauf bin ich nicht gekommen. Warum eigentlich nicht. Wolff, bitte, das bleibt erst mal unter uns. Bevor ich die liebe Ilse frage, muss ich erst auf die Buschtrommeln hören. Ich möchte sie nicht enttäuschen, wenn ich das nicht durchkriege.«

Nach einer herrlichen Nacht, in der ich sehr tief schlafen konnte, weckt mich Nena zärtlich mit einem Kuss. Stimmt, wir wollten heute ein paar Dinge für die Wohnung kaufen. Wir haben uns dafür diesen Tag reserviert, Nena musste sich freinehmen und ich

... ich bin kein Chef im Präsidium und ermittle heute vom Bett aus.

Nena bringt mir Kaffee. Ja, so stark mag ich ihn. Sie holt sich auch eine Tasse und setzt sich zu mir.

»Nena, ich habe gestern mit Ruschka gesprochen. Ich werde das Angebot für seine Stelle nicht annehmen. Ich bin nicht geschaffen dafür.«

»Wow. Die meisten hätten sich darum geprügelt, aber du zeigst einfach Charakter. Mir hätte es nicht gefallen, wenn du so ein Beamtenmeier geworden wärst, ganz ehrlich, das passt nicht zu dir und das passt nicht zu uns.«

»Er meinte auch, dass praktisch keiner diese Möglichkeit ausgeschlagen hätte. Aber er respektiert meine Entscheidung. Ich hatte da auch schon so eine Idee, wie wir so einen jungen Schnösel von außerhalb verhindern können!«

»Und wie?«

»Ich habe ihm Ilse für den Posten vorgeschlagen.«

»Uuups. So ein Typ bist du? Aber, wenn du nicht so wärst, dann hätte ich dich nicht gewollt. Das ist wie im Roman, der fremdgehende, in Trennung lebende Gatte setzt sich für die Beförderung seiner Exfrau auf einen höheren Posten ein. Das ist fast schon romantisch. Wie in einem Liebesroman.«

»Du liest ja nicht, wie kommst du dann auf einen Roman?«

»Ah ja, ich bin nach dem Job einfach nicht in der Stimmung, ein Buch zu lesen, das macht mich immer nur müde.«

»Ich weiß, ich weiß!«

»Dann halt kein Roman, sagen wir, es ist wie in einem romantischen Kinofilm.«

Ein paar Tage später. Ich bin bei Herbert im Altenheim zu Besuch. Es sieht wieder besser aus mit ihm. Die körperlichen Beeinträchtigungen haben nachgelassen. Er hat hier auch viele Möglichkeiten, sich fit zu halten. Ergotherapie, Massagen, Bewegungsbäder und Betreuung rund um die Uhr. Dennoch hätte ich ihn gerne vergnügt in seiner Wohnung in Nürnberg gesehen.

»Wolff, ich hob g'hört, dass du den Bost'n vom Ruschka ned willst. Mei, do entgeht dir abber vill Rente, wenn'st mol ferdich bist mit dein Dschob. Des hädd' ich mer anders überleecht.«

»Wie gut kennst du mich Herbert?«

»Scho a weng.«

»Dann weißt du, dass ich nicht der Mann hinter'm Schreibtisch sein kann. Ich muss raus, Luft atmen, frei sein.«

»Und jungen Frauen nochjog'n«

»Oder so.«

»Du waast, mir entgeht nix. Wie haast die Neue? Ngu ... irgendwas? Leggst mich am ... schaut die gut aus, Hannah hot mer a Foddo zeicht! Du wärst ihr Chef und immer ganz nah!«

»Dinh Nguyet Anh, der Mondschein. Und ich bin ihr Chef, nur nicht der ganz oben. Da ist nichts zwischen uns, Herbert.«

»Ich kenn' dich doch, wenn vor dir ein Weib mit'n Hintern wagg'ld, dann wers't nervös. Dann werd's sehr g'fährlich für die Damen. Und für dich. Und für dei Fraa!«

»Herbert, das mit Ilse ist Geschichte, das ist vorbei. Im Dezember ist die Scheidung und dann, dann ist's endlich rum.«

»So a Fraa lässt mer ned sitz'n, Wolff, du alter Depp.«

»Ich weiß, dass ich der Depp bin. Aber Herbert, ich bin verliebt, wie ich es noch nie in meinem Leben war, ganz ehrlich. Das mit Nena macht mich zu einem anderen Menschen.«

»Und? Wenn die vierzich iss, dann bist du 63 und a alder Moo. Und dann lässt sie dich fall'n. So iss des.«

»Und wenn das so kommt, dann kommt es so. Ich denke grad nicht 15 Jahre voraus, ich denke bis zum nächsten Morgen, an dem ich mit ihr aufwache und glücklich bin.«

»Du musst des wiss'n. Des iss dei Sach'.«

»Es ist gut, wie es ist!«

»Abber soch a mol, ihr habt den ald'n Niedenbrock auf'm Kieker?«

»Der spielt irgendein Spiel, das wir noch nicht durchschauen. Die alte Mistsau als Vermögensverwalter von Verena Westheim, der macht das doch nicht, um ein Mandat zu erfüllen, der ist doch hinter der Kohle her!«

»Des denk' ich allerdings ah. Bass auf ...«

Herbert erzählt von einer Begegnung mit Niedenbrock, als ich noch nicht bei der Kripo in Nürnberg war.

»Der Niedenbrock müssert etz so ald sei wie ich. Wann bist du noch Nemberch kumma, Wolff?«

»Warte, das muss vor 23 Jahren gewesen sein, ja genau, vor 23 Jahren.«

»Do wor ich vierzig. Und der Niedenbrock ah.«

Herbert erzählt weiter.

Die Kripo hatte damals einen 38-Jährigen wegen Körperverletzung und Vergewaltigung einer jungen Frau festgenommen. 19 Jahre alt war sie erst. Der Täter war besonders brutal vorgegangen. Er hatte das Mädchen eingesperrt, gefesselt, geschlagen und mehrfach vergewaltigt. Danach hatte er sie festgebunden und ohne Wasser drei Tage liegen lassen. Das war in einer Baustellenbaracke weit draußen. Der Schäferhund eines Spaziergängers hörte die Frau ganz leise stöhnen, wurde aufmerksam und schlug an. Der Mann kannte das Verhalten seines Hundes und brach geistesgegenwärtig das Schloss der Baracke auf. Er fand die junge Frau in einem kritischen Zustand und alarmierte sofort die Rettung. Am Tatort konnten massenweise Spuren des Täters sichergestellt werden, er achtete nicht im Geringsten darauf, Spuren zu beseitigen. Da er bereits polizeibekannt war, war seine Festnahme nur noch Formsache. Der Ermittlungsrichter, vor dem er ein Geständnis ablegte, erließ Haftbefehl und die Staatsanwaltschaft erweiterte den

Tatvorwurf auf versuchten Mord. Die Sache war so wasserdicht, dass eine Verurteilung außer Frage erschien.

»Und dann?«

»Dann iss der Niedenbrock auf der Bildfläch'n auf'daucht.«

Niedenbrock drängte seinen Mandanten zuerst, eine Honorarvereinbarung über 50.000 Euro zu unterzeichnen, die der niemals würde erfüllen können, aber deswegen musste sein Bruder mitunterzeichnen. Dann verlangte er, das Geständnis zu widerrufen, was der Mandant sogleich tat. Soweit alles üblich. Zwei Wochen später brannte die Baubaracke aus unerklärlichen Gründen ab. Drei Wochen vor Verhandlungsbeginn wurde Herbert von den Eltern des Opfers angerufen, er möge sofort zu ihnen kommen. Ein fremder Mann wäre gerade bei ihrer Tochter aufgetaucht, sehr groß sei er gewesen und riesige Hände hätte er gehabt. Ungepflegt sei der gewesen und gestunken hätte der.

»Oskar Machwitz?«

»Woher ...«

»Der hat für Niedenbrock bis vor ein paar Wochen die Villa Westheim bewacht!«

»Dann macht der immer noch die Drecksarbeit für des Schwein!«

Herbert erzählt.

Ihre Tochter wollte die Türe gleich wieder zuschlagen, doch er hatte schon den Fuß dazwischen. Und schon war er in der Wohnung. Als erstes riss er das Telefonkabel aus der Wand und dann bedrängte er sie. Er zog an ihren langen Haaren, sodass sie ihren Kopf nach hinten dehnen musste. Mit der anderen Hand zog er sie an sich heran und presste sie an seinen ekelhaften Körper. Sie war nicht fähig zu schreien. Wenn sie den Täter auch nur im Geringsten in der Strafverhandlung belasten würde, dann käme er zu ihr, und dann wäre er nicht so zimperlich wie der Beschuldigte. Sie könne sich auf was gefasst machen. Es gäbe ein Alibi, das absolut wasserdicht sei, und wenn sie bei ihrer Aussage bliebe, käme sie in den Knast. Dann schlug er sie zwei Mal in ihr Gesicht und war so schnell wieder weg, wie er gekommen war. Das Mädchen war zuerst starr vor Schreck, dann konnte sie sich aufraffen und bei der Nachbarin klingeln. Sie rief ihre Eltern an.

»Mir hamm aufgrund der Beschreibung sofort g'wusst, wer des wor und hamm den festg'numma. Agtenkundich wor er ja scho. Der muss domols so um die 35 gewesen sein.«

»So ein Schwein«

»Abber etz bass auf«

Ohne dass der Machwitz irgendjemanden angerufen hatte, stand Dr. Niedenbrock plötzlich im Präsidium. Er käme zu seinem Mandanten und sei bei der Vernehmung dabei. So weit so gut, Machwitz leugnete alles und bei der Frage nach einem Alibi lehnte sich Niedenbrock grinsend zurück, puhlte etwas an seinen

Fingernägeln und sagte ruhig und gefasst, dass sein Mandant an diesem Abend bei ihm zu einer Besprechung gewesen wäre, er könne das beeiden. Und draußen war der Witz.

»Er hatte frech gelogen!«

»Scho', abber mach wos dergegen!«

In der Strafverhandlung gegen den Vergewaltiger erklärte Niedenbrock alle in der Baracke gefundenen Beweise für ungültig, weil es keinen Durchsuchungsbeschluss gegeben hatte. Und schließlich könne man das auch nicht nachholen, weil sie nicht mehr existiere. Ganz zufällig. Und im Übrigen war der Angeklagte dort als Bauarbeiter tätig und hätte in der Baracke gewohnt, da sei es nicht verwunderlich, dass überall Spuren von ihm gefunden wurden. Der vorsitzende Richter wies daraufhin, dass man bei einem Tatort keine Durchsuchungserlaubnis brauche, woraufhin Niedenbrock anzweifelte, dass das ein Tatort sei, das Opfer könne irgendwo von irgendwem verletzt worden sein, aber natürlich nicht vom Angeklagten. Der Bundesgerichtshof hätte hier das letzte Wort noch nicht gesprochen. Der Angeklagte hätte ja auch nicht gestanden und ein Alibi hätte er schließlich auch, er wäre die ganze fragliche Zeit in seiner Kanzlei gewesen. Der Richter runzelte die Stirn und zeigte sich überrascht.

»Do is mer im Gericht der Krog'n platzt und ich hob neig'rufen ›der wor bei dir auf'm Schoß g'hoggt, Nied'nbrock und du host'n g'streich'lt, gel Doggter‹?«

Der Saal lachte. Richter Naumann äußerte seine Verwunderung darüber, dass dieser Sachverhalt bisher nicht aktenkundig war. Niedenbrock lächelte nur und meinte, dass das bei einem präsenten Zeugen nicht notwendig sei und stellte seinen Beweisantrag. Die Kammer stellte diesen zur Beratung zurück. Dann wurde das Opfer in den Zeugenstand gerufen. Anwalt Niedenbrock versuchte bei der Aussage des Opfers ständig zu unterbrechen, als er merkte, dass die Einschüchterung durch Machwitz nicht gewirkt hatte. Als das Mädchen auch noch den kürzlichen ›Besuch‹ von Machwitz schilderte und der Vorsitzende sehr interessiert zuhörte, stand Niedenbrock auf, ging auf die Zeugin zu und schrie »diese Lügen treibe ich dir aus, dafür gibt es keinen Beweis, nicht den geringsten«, dann schlug er mit der Faust auf das Pult vor dem Mädchen. Das brachte ihm das erste Ordnungsgeld wegen ungebührlichen Verhaltens vor Gericht ein. 600 DM. Aber er machte weiter. Wieder stand er auf und flüsterte dem Mädchen ins Ohr »denk an den Mann mit den großen Händen.« Jetzt waren es 1200 DM Ordnungsgeld. Das Opfer weinte, fasste sich aber gleich wieder. Niedenbrock legte Beschwerde gegen das Ordnungsgeld ein, die die Kammer nach Beratung zurückwies. Niedenbrock drohte mit Richterablehnung. Nach zwei Stunden war die Vernehmung des Mädchens endlich zu Ende. Sie schilderte die Tat in allen Einzelheiten, identifizierte den Angeklagten und manchmal seufzten die Zuhörer entsetzt auf, manchmal ging ein kopfschüttelndes Raunen durch den Gerichtssaal. Die Plädoyers wurden auf den nächsten Tag angesetzt.

Als Herbert das Gericht verlassen wollte, rief ihn der beisitzende Richter zu sich in das Richterzimmer. Die Beisitzerin und der Vorsitzende waren ebenfalls zugegen. Die Schöffen waren bereits entlassen, sie durften das Folgende nicht mitbekommen. Herbert schildert das Gespräch.

»Herr Wagner, Sie waren der leitende Ermittler und wir haben Ihre Aussage bereits gehört. Vielen Dank. Ich will es mal so ausdrücken«, fuhr Richter Naumann fort, »wir sind fest von der Täterschaft des Angeklagten überzeugt, aber wir sind in einem Dilemma. Weisen wir den Beweisantrag von Dr. Niedenbrock zurück, wäre das möglicherweise ein Revisionsgrund. Lassen wir ihn reden, und er wird so glaubhaft lügen, wie wir es aus anderen Verfahren mit ihm kennen, müssen wir das zu erwartende Alibi entkräften. Es wird nicht einfach zu ignorieren sein und wenn wir darüber hinwegsehen, haben wir wieder ein Revisionsproblem. Es ist ja auch bekannt, dass es keine Spermaspuren gibt. Wir dachten, dass Ihnen vielleicht noch irgendeine Kleinigkeit einfällt, irgendein Hinweis, der uns weiterhilft. Wir würden dann sofort wieder in die Beweisaufnahme eintreten.«

»A Gleinichkeit, so. Wann muss ich'n des wiss'n?«

»Morgen, eine Viertelstunde vor Verhandlungsbeginn. Sie kommen zu mir ins Zimmer, aber unauffällig!«

»Dann schau ich, ob mer nu wos ei'fällt.«

Herbert strengte sein Gedächtnis an. Wie sollte er jetzt noch ›irgendwas‹ finden? Der Täter hatte Kondome benutzt, sonst wäre die Sache klar gewesen. Herbert fuhr noch an diesem Abend zu dem Mädchen. Er vermied es natürlich, die rechtlich unsichere Situation zu erwähnen. Im Gegenteil, er versuchte sie davon zu überzeugen, dass der Typ am nächsten Tag verurteilt würde. Dann versuchte er die Mitleidsmasche, ob er nicht irgendwas trotz sorgfältiger Ermittlungen übersehen hätte, oder ob sie noch eine Kleinigkeit in Erinnerung hätte, irgendwas, an das keiner gedacht hatte. Da hätte doch die Spurensicherung schon alles mitgenommen, meinte sie. Sie hätte nur noch ihren Slip angehabt, als sie in die Klinik kam. Denk' nach Mädel, denk nach, irgendwas wird immer übersehen. Dann stutzte sie, ging an ihren Schrank und suchte in der Tasche, mit der sie damals das Krankenhaus verlassen hatte. Sie fand genau den Slip, den sie noch bei der Einlieferung anhatte. Den hatte keiner auf dem Schirm und er war nicht gewaschen worden. Herbert bat, den mitnehmen zu dürfen. In dieser Nacht war Betrieb bei der KTU in Nürnberg. Herbert bestand darauf, dass die kriminaltechnische Untersuchung noch in der Nacht abgeschlossen wurde. Und dann kam das Ergebnis. Die Kollegen fanden auf dem Kleidungsstück die DNA des Mädchens, klar, und die DNA des Täters aufgrund von Spermaspuren. Da hatte er wohl gerade nicht aufgepasst beim Abstreifen. Bingo! Jetzt war klar, dass der Täter sexuellen Kontakt zu dem Opfer gehabt haben musste. Zwingend, ohne jeden Zweifel.

Herbert betrat das Amtszimmer von Richter Naumann mit stolzem Blick und legte ihm den verschlossenen Plastikbeutel mit dem Beweisstück sowie den Bericht der KTU auf den Schreibtisch. Naumann nickte zufrieden, als Herbert den Abend zuvor schilderte.

Nach Eröffnung des Verhandlungstages verkündete Naumann, dass wieder in die Beweisaufnahme eingetreten und dass dem Beweisantrag von Niedenbrock stattgegeben wird. Der nickte zufrieden und nahm im Zeugenstand Platz. Er schilderte anschaulich, dass sein Mandant während der gesamten fraglichen Tatzeit bei ihm in der Kanzlei gewesen sei, den Grund dürfe er natürlich nicht offenbaren. Der Angeklagte hätte dann sogar bei ihm übernachtet, weil kein Bus mehr ging. Der Vorsitzende bedankte sich und rief Herbert in den Zeugenstand. Sofort protestierte Niedenbrock. Naumann sagte nur trocken, dass das Gericht jederzeit neue Beweismittel in das Verfahren einführen könne und das sei jetzt der Fall. Außerdem sei der Zeuge präsent. Die Verteidigung könne bis zum Plädoyer alles in Augenschein nehmen und die Aussage werde ja jetzt protokolliert.

Herbert schilderte den Abend zuvor und bestätigte, dass das Mädchen ihm den Slip ausgehändigt habe, er diesen sofort als Beweis sicherte und von der KTU untersuchen ließ. Die Beweiskette sei also lückenlos. Dann verlas der Vorsitzende den Bericht der KTU.

Niedenbrock tobte und warf Herbert Falschaussage vor.

»Schau mer mol, wer do lüücht«, hobb ich dann g'socht.

Dann wandte sich Richter Naumann an den Angeklagten. Aufgrund des Beweismittels stehe nun fest, dass es ein sexuelles Zusammentreffen gegeben haben musste. Nur so konnten beide DNA auf ein und dasselbe Kleidungsstück gelangt sein. Die gewagte Darstellung, dass sich Täter und Opfer nie gesehen hätten, sei damit widerlegt. Er riet zu einem Geständnis, das sich strafmildernd auswirken könne. Niedenbrock sah den Angeklagten mit strengem Blick an und schüttelte den Kopf. Dieser schwieg daraufhin und sah zu Boden.

Die Plädoyers waren nur noch Formsache, obwohl Niedenbrock immer noch lautstark auf seiner Sicht der Dinge beharrte und Herbert als Lügner beschimpfte.

Das Urteil lautete auf Freiheitsstrafe von acht Jahren und drei Monaten. Abschließend wandte sich der Vorsitzende an Niedenbrock. Es sei ihm unbenommen, Rechtsmittel einzulegen. Die Akte mit seiner Aussage werde er aber der Staatsanwaltschaft vorlegen, weil er davon überzeugt sei, dass er als Verteidiger in diesem Verfahren im Zeugenstand gelogen habe.

»Und, wie ist das damals weitergegangen?«

»No, der Nied'nbrock hot dausend Ausred'n vor'bracht. Er hädd sich im Daddum g'irrt, wo der Mandant bei ihm wor, und so weider und so weider. Letztlich iss alles eing'stellt wor'n. Abber es hot noch a anwaltliches Disiziplinarverfahren ge'bn. Do iss es brenzlich g'worn. Do hot er blech'n müssen. Es wor eine hohe Geldstrafe fällich.«

»Aber jetzt weiß ich, wie der tickt. Danke, mein Freund. Das heißt, wir müssen bei dem mit allem rechnen?«

»Scho, Wolff, scho!«

Am nächsten Tag im Büro. Anh kommt zu mir und setzt sich. Mein Zimmer verwandelt sich plötzlich in den schönsten Raum im ganzen Präsidium. Die Übersetzung ihres Namens müsste eigentlich ›Sonnenschein‹ bedeuten, ›Mondschein‹ ist zwar auch eine Hommage an eine schöne Frau, aber in diesem Fall ...

»Chef ...«

»Wolff, ich heiße Wolff. Was liegt an, darf ich Sie Anh nennen?«

»Also gut, Wolff, dann nennen Sie mich Anh. Ich sollte mich doch mit diesem Anwalt, diesem Dr. Niedenbrock beschäftigen. Tja, da war mal eine ganz alte Sache ...«

»Die habe ich von unserem alten Herbert gestern erzählt bekommen ...«

»Dann hätte ich mir die Recherche sparen können?«

»Nein, wie gesagt, mir wurde das erzählt. Ein Bericht ist natürlich sehr viel mehr wert.«

»Danke. Was gerade auffällt, ist, dass er die Nachlassakte Ullrich Westheim erneut angefordert hat, aber bisher trotz Monierung des Amtsgerichtes noch nicht wieder zurückgeschickt hat. Gut, dass er ein schwieriger Charakter ist, das wissen die meisten. Aber irgendwelche krummen Dinger sind im Moment nicht in Sicht.«

»Dann konzentrieren wir uns jetzt erst einmal auf den Klausi.«

»Den wen?«

»Seinen Sohn. Wir haben den Verdacht, dass der an der Befreiung von Verena Westheim beteiligt war. Nein, dass er sie sogar richtig geplant hatte.«

Anh steht auf, geht um meinen Schreibtisch herum und sieht aus dem Fenster. Dann dreht sie sich um, geht wortlos an mir vorbei und tippt mir noch leicht mit ihrer Hand auf meine Schulter. Kurz vor der Tür dreht sie sich noch einmal um und wirft mir ein bezauberndes Lächeln zu. Ich spüre ein leichtes Kribbeln über meinen Rücken. Dann ist sie draußen.

Wolff, was war das? Eine Berührung auf deiner Schulter und es wird wieder gefährlich? Sie hat den ersten Schritt getan? Nein, das war nur eine kollegiale Geste, ein Stups, sonst nichts. Ganz sicher, sonst nichts!

Harald kommt mit Bettina herein. Sie haben aus der Fahndung nach Klaus Niedenbrock erste Erkenntnisse.

»Also, der Klausi soll nach seinem Weggang aus München in unsere Gegend hier gezogen sein, genauer gesagt nach Gräfenberg. Dort hat er eine kleinere Wohnung bezogen, aber sich natürlich nicht umgemeldet. Wir wissen das, weil der dortigen Polizeistation, also einem Kollegen, nachts ein Betrunkener aufgefallen war, auf den die Beschreibung passt. Na ja, das Fahndungsfoto aus der Meldedatei ist nicht mehr so taufrisch, aber der meint, dass er das gewesen sein muss.«

»Wann war das genau?«

»So im April, aber ganz genau weiß der Kollege das auch nicht mehr. Jedenfalls hat er den Klausi, der fast nicht mehr laufen konnte, zu dieser Wohnung gebracht.«

»Da ist er nicht mehr, stimmt's?«

»Du kannst Hellsehen! Aber Mitte Mai wurde er da noch gesehen.«

»Das heißt, die Westheim könnte dort nach ihrer Flucht untergetaucht sein?«

»Möglich.«

»Ihr fahrt nach Gräfenberg und sprecht mit dem Kollegen bitte persönlich.«

»Wo ist Gräfenberg?«

»Ganz einfach, du fährst nach Erlangen, wo es kaum eine Kreuzung gibt, an der kein Wegweiser nach Gräfenberg hängt. Glaub mir, die Erlanger lieben dieses Kaff.«

»Im Ernst?«

»Das stimmt, ehrlich! Aber Spaß beiseite, über Erlangen ist das von Nürnberg aus ein Umweg, nehmt einfach das Navi oder die B2.«

»Kann Harald auch Anh mitnehmen? Ich muss noch einen Bericht schreiben, ihr wisst, das Ehedrama von vorgestern, die Staatsanwältin braucht ihn gleich.«

»Wie ist das ausgegangen?«

»Der Alte hat zugestochen, von hinten, ohne Vorwarnung. Sie liegt auf der Intensivstation. Mal sehen, ob sie es packt, der Blutverlust war hoch!«

»Ein 74-Jähriger sticht auf die Ehefrau ein, weil sie das Essen versaut hat?«

»Nach vierzig Jahren Ehe, ja, so was gibt's.«

»Da bin ich ja froh, dass meine Ehe nur drei Jahre gedauert hat. Auf was läuft es hinaus?«

»Du und deine Ehe. Die Staatsanwältin will auf Mordversuch raus, oder Mord, je nachdem.«

»Ob sie es überlebt, oder nicht. Die Juristin wird sich schwertun, das sieht mir eher nach Affekt aus.«

»Von hinten und ohne Streit?«

»Woher wissen wir, dass die nicht gestritten haben?«

»Hat keiner was gehört, die Nachbarn, die uns gerufen haben, haben nichts gehört.«

»Und wieso haben die dann angerufen?«

»Die Frau lief noch schreiend in das Treppenhaus und brach dort zusammen, der Mann saß stumm und bewegungslos im Wohnzimmersessel und hatte das blutige Messer noch in der Hand.«

»Scheiße, muss der drauf gewesen sein.«

»Vielleicht hat sie ihm das Leben letztlich zur Hölle gemacht?«

»Die Hölle gibt es nicht, den Himmel auch nicht. Dann, Harald, nimm Anh mit und los.«

»Ha Wolff, seit Herbert nicht mehr da ist, gibt's keine Witze mehr bei uns, aber da hab' ich was Schönes gelesen. Von wegen Himmel. Van Halen steht auf einer Wolke gegenüber der Himmelspforte. Was ruft der liebe Petrus?«

»Sag's!«

»Jump!«

Harald hat den Besuch telefonisch angekündigt. Von Nürnberg aus gesehen ist Gräfenberg das Tor zur Fränkischen Schweiz. Es ist ein schöner kleiner Ort mit einem herrlichen Marktplatz im Zentrum. Dort ist auch die kleine Polizeistation, die mit nur einem Beamten besetzt ist. Der sieht fern und hält einen Becher Kaffee in der Hand, als Anh und Harald eintreten. Er ist sehr vertieft in das Programm und bemerkt die beiden nicht.

»Spannend, Herr Kollege?«

Anh macht sich mit diesen Worten bemerkbar. Der Mann erschrickt, reißt die Hände hoch und der Kaffee schwappt nach hinten genau über Haralds Hemd. Gut, dass er nur noch lauwarm ist. Harald sieht nach unten und zieht die Augenbrauen hoch. Anh kichert.

»Oh, des dudd mer etz leid, do bin ich derschrock'n, saubleed abber auch.«

»Treffen Sie beim Schießen auch so gut, junger Mann? Der wär' voll ins Herz gegangen!«

»Etz bin ich bladd, die Sunna geht auf, ja gibbt's denn sowos, sinn die Kollechinnen etz alle so hübsch bei eich?«

»Danke ... Herr ...?«

»Mehl, Christian Mehl, Polizeioberkommissar.«

»Darf ich vorstellen, Kriminalkommissarin Dinh Nguyet Anh und ich bin der Harald, Kriminalhauptkommissar, der mit dem Kaffeehemd.«

»Des zohl ich der fei!«

»Lass mal, alles halb so schlimm. Also du meinst den Klaus Niedenbrock letzthin hier gesehen zu haben?«

»Des muss der gwes'n sein, der auf dem Foddo. Gleich do hind'n in der Lind'ngass' hot er a Dachwohnung g'habt. Do hobb'in naufbracht, wie ich'n g'fund'n hobb. Total blau wor der und auf der Stross g'leng'n iss er.«

»Wie lange hat der da gewohnt?«

Christian Mehl erzählt, dass er den Vermieter schon befragen wollte, aber der liegt im Krankenhaus und wird beatmet. Das kann also dauern.

»Das war also so im April?«

»Naa, des wor scho Mai, do hobb ich nämlich Geburtstoch, am 17. Mai wor des, wo ich'n 'naufbracht hobb. Abber der wor do ned allaans. A Fraa, wos sooch ich, eine Göttin hot aufg'macht und den in Empfang g'numma.«

»Eine sehr schöne Frau also?«

»Nadürlich ned so schön wie dei Kollechin do, abber hobbla, scho a sauber's Weibsbild.«

Harald lädt ein Foto von Verena Westheim auf sein Handy.

»War es die?«

»Genau, die wor's.«

»Kennst du den Fahndungsaufruf nicht?«

»Naa, hobb ich ned g'richt, die wär mer doch aufg'fall'n in so aaner Fahndung, ganz sicher!«

Auf der Rückfahrt spricht Anh Harald auf Wolff an.

»Sag mal Harald, der Chef, also Wolff, hat es heftig mit den Frauen, also soweit ich mich da erkundigen konnte. Meistens jüngere, oder?«

»Weißt du, Anh, ich kümmere mich da wenig d'rum, aber der liebe Wolff treibt es schon sehr bunt. Erst war unsere Kollegin Ilse Merkel die große Liebe und die beiden haben schließlich auch geheiratet. Das hat dann ganze drei Wochen gedauert, bis er mit Hannah ins Bett ist.«

»Nee jetzt? Hannah und der Chef?«

»Genau. Das muss eine sehr heftige Affäre gewesen sein. Bis dann der saublöde Einsatz kam.«

»Harald?«

»Ach, wir haben damals einen Mörder verfolgt, der sich in einer Jagdhütte verschanzt hatte. Großer Bahnhof mit Helikopter, SEK und natürlich wir von der Mordkommission. Der Scheißkerl hatte sich mit viel Munition verbarrikadiert und am Ende hat es Ilse und Hannah erwischt. Hannah hat Ilse das Leben gerettet und sich vor sie geworfen, als er die letzten Schüsse abgab.«

»Die Freundin rettet der Ehefrau das Leben?«

»Das haben wir ihr bis heute nicht vergessen. Hannah wurde aber schwer verletzt. Sie hat es gerade noch so gepackt.«

»Was?«

»Milzdurchschuss, es war verdammt knapp.«

»Und dann?«

»Hannah war weg. Irgendwo in Norddeutschland zur Reha. Es war dann aus mit den beiden und Wolff hat gesoffen.«

»Er ist nicht zu seiner Frau zurück?«

»Nein. Sie hatten zwar Kontakt, aber mehr war es nicht. Wolff musste dann auch die Mordkommission hier verlassen. Es war einfach zu viel Alkohol im Spiel. Er wurde nach Erlangen versetzt, aber dort gab es auch Ärger. Trotzdem hat er gegen den massiven Widerstand im BKA und in der Politik einen Korruptionsfall gelöst, der ein Erdbeben bis in höchste Kreise auslöste. Das kann er, unser ›Fuchs‹, trotz Suff.«

»Ist er jetzt gebunden, also ich meine, mit einer Frau zusammen?«

»Er war später wieder mit seiner Frau zusammen, für seine Verhältnisse recht lange, so bis Dezember letzten Jahres. Und dann trat eine 25-Jährige in sein Leben. Trainerin, Model, bildhübsch, und schon war es wieder passiert.«

»Die sind noch zusammen?«

»Ich wüsste nichts vom Gegenteil!«

»Er ist schon ein sehr attraktiver Mann, eigentlich wundert es mich nicht. Man könnte schon auf dumme Gedanken kommen!«

»Anh?«

Verena Westheim war also nach ihrer Flucht in Gräfenberg untergekommen. Der Kollege hatte noch einige Nachbarn mit dem Fahndungsfoto konfrontiert und einer hatte den Verdacht bestätigt. Der Klausi hatte da schon seit April gewohnt und Verena wurde nur kurz gesehen, eben um den 17. Mai herum. Der Vermieter hätte immer alles ›schwarz‹ gemacht und die Miete in bar eingesteckt. Hat ihm auch nicht mehr geholfen, er starb wenige Tage nach dem Gespräch mit den Kollegen.

»Das bedeutet, dass Klaus Niedenbrock tatsächlich an der Flucht beteiligt war oder zumindest davon wusste und einen Unterschlupf vorbereitet hatte. Aber was geschah nach dem 17. Mai?«

»Tja, Wolff, das wissen wir nicht.«

»Und wir wissen auch nicht, wo er jetzt ist?«

»Nein, es gibt nicht den geringsten Hinweis.«

»Da stimmt etwas ganz und gar nicht. Die Westheim ist verschwunden, der Klausi ist verschwunden und es sterben Menschen aus dem Umfeld. Erklär mir das bitte mal, Harald.«

»Bin ich Hellseher? Ich bin sicher nicht auf den Kopf gefallen, aber im Moment habe ich keine Peilung, null, nix!«

»Was mir nicht in den Kopf will, ist ein Motiv für die Ermordung der Apothekenhelferin.«

»Moment, Wolff. Wir wissen doch gar nicht, ob das ein Mord war.«

»Mein Bauchgefühl sagt ja. Und das trügt mich selten. Und außerdem, die Stemmermeier musste im Prozess aussagen. Sie hat die Kokslieferungen bestätigt und Verena damit belastet.«

»Und dann nimmt sie von der nochmal ein Röhrchen? Wolff, du säufst zu viel oder zu wenig.«

»Grad zu wenig. Sie muss es ja nicht von der Westheim bekommen haben. Denk' an den Klausi.«

»Moment, Cem hat doch die ältere Dame neben der Villa befragt. Damals hat sie die Stemmermeier nicht erkannt. Also, eine junge Frau kommt zur Villa vor Verenas Verhaftung und danach auch noch. Wenn es die Helferin nicht war, wer war es dann? Ich gehe noch mal zu der Oma, und zwar mit anderen, besseren Fotos, die wir in der Wohnung der Stemmermeier gefunden haben. Cem hatte nur eine Handyaufnahme vom Tatort dabei. Ich fahr da morgen hin.«

»Gut Harald, mach das, sonst kommen wir ja gar nicht weiter.«

Nena empfängt mich mit einem süßen Kuss. Sie ist aufgeregt, weil sie heute ihr erstes thailändisches Gericht gezaubert hat. Tomkhagaisuppe. Sie weiß, dass ich sehr gerne scharfe asiatische Küche esse.

»Wolff, sollen wir dazu einen Wein öffnen oder was magst du?«

»Das kommt darauf an, wie scharf du das machst. Ich würde bei milder bis mittelkräftiger Schärfe einen gehaltvollen trockenen Weißwein nehmen, eher etwas fruchtig, aber nicht in die Süße gehend. Bei kräftiger bis sehr kräftiger Schärfe der Suppe kann es nur ein kaltes Bier sein, was dazu schmecken kann.«

»Da habe ich eine Idee. Wir fangen bei mittelkräftiger Schärfe an und steigern das dann. Ich stelle einfach die geschnittenen Chilischoten dazu, dann kann jeder seine eigene Schärfe nach Geschmack steuern.«

»Was kommt da sonst noch alles rein?«

»Also Kokosmilch, Hühnerbrühe, Zitronengras, Galgant in guter Menge, Chilischoten, Fischsauce, Kaffir-Limettenblätter, gewürfelte Hühnerbrust, Champignons geviertelt, Limetten und Palmzucker. Für die Optik noch Koriander, Frühlingszwiebeln und rote Chilischoten.«

»Wow, das klingt fantastisch. Ich mach' eine Flasche Weißen auf und stelle Bier kalt. Dann komme, was kommt.«

Nena köchelt und brutzelt mit Begeisterung. Ich sitze auf der Dachterrasse und versuche nicht an Berufliches zu denken. ›Wenn sie vierzig ist, bist du 63‹, wer sagte das noch zu mir? Und wenn schon, ich denke einfach nicht daran. Wer weiß schon, was die Zukunft bringt, gerade jetzt in dieser Zeit mit diesen weltweiten Beeinträchtigungen. Im Moment sieht alles gut aus, aber was ist im Winter? Was kommt auf uns zu? Nena hat mich nicht auf ein Kind angesprochen und dafür bin ich dankbar. Ich glaube, dass ihr das nicht wichtig ist. Ich würde in diese Welt, wie sie momentan ist, kein Kind hineinsetzen wollen. Geld geht über alles, Macht geht über alles, ich will, ich will geht über alles. Ich darf das, geht über alles, auch wenn's Unsinn ist. Was andere wollen oder dringend brauchen, interessiert niemanden in der reichen Welt so richtig. Flüchtlinge brennen ihr Lager nieder, weil sie unter den schlechtesten Bedingungen untergebracht sind, die man sich vorstellen kann, nein, die sich keiner vorstellen kann, weil niemand sich dort umgesehen hat. Sie hatten das als letzten verzweifelten Hilferuf verstanden, weil sie sonst dort gestorben wären. Und was sagt die konservative Politik? ›Ja, wenn die das selbst angezündet haben, sollte ihnen niemand mehr helfen, selber schuld! Und überhaupt, wie steht der DAX heute? Wieviel habe ich dazu gewonnen?‹

Jeder schaut nur noch auf seinen Teller, dass da auch genug drauf ist. Es gibt genug Menschen, die sich heute noch gierig die Taschen mit Geld vollstopfen würden, selbst wenn es sicher wäre, dass die Welt morgen untergeht. Und auch ich nippe an meinem teuren Wein, während mir diese Gedanken durch den Kopf gehen. Nena holt mich in die Wirklichkeit zurück.

»Wolff, die Suppe ist fertig! Wir essen draußen, oder?«

Es ist ein Genuss. Die exotischsten Aromen umschmeicheln den Gaumen, die noch angenehme Schärfe bemüht sich erfolgreich, den Magen freundlich aufzuwärmen. Wir stoßen mit unseren Weingläsern an. Der 2019er Sulzfelder Maustal Sylvaner schmeckt ausgezeichnet. Nena lächelt zufrieden. Dann steigern wir mit den roten Chilischoten und ich hole das kalte Bier aus dem Kühlschrank. Jetzt werden die Geschmacksknospen auf eine harte Probe gestellt. Nena reicht noch etwas Reis, das beste Mittel gegen einen scharfen Gaumen. Das Bier ist nur eine vermeintliche Lösung, aber es kühlt angenehm.

»Wolff, wir sind heute auf den Tag zehn Monate zusammen, hast du dir das gemerkt?«

»Nena, du weißt, dass ich bei solchen Dingen unbeholfen bin. Wichtig ist, dass wir zusammen sind und dass wir zusammenbleiben.«

»Na ja, du weißt, dass Frauen Wert auf so was legen.«

»Und dass der vergessene Hochzeitstag ein Drama auslöst!«

»Schon. Sag, im Dezember ist ja deine Scheidung, willst du wieder heiraten?«

Ich dachte mir grade noch, dass irgend sowas heute in der Luft schwebt.

»Muss ich?«

»Ha, ha, was für eine Antwort. Du kannst beruhigt sein. Irgendwie liegt doch kein Sinn drin, sich auf einem Papier zu binden. Wenn zwei Menschen zusammen sein möchten, dann tun sie das. Wenn sie es aber nur tun, weil das auf dem Papier steht, dann hat die Beziehung doch keinen Wert.«

»Da stimme ich dir zu. So war es zwischen Ilse und mir zum Schluss, wir waren hauptsächlich zusammen, weil das so geschrieben war, aber im Grunde war da nichts und Liebe war es auch nicht mehr.«

»Und wenn du mich nicht gefunden hättest?«

»Du kennst meine Geschichten, dann wäre es wahrscheinlich eine andere gewesen, die meinen Weg gekreuzt hätte.«

»Also jetzt!«

»Nein, das ist Quatsch. Wahrscheinlich säße ich noch bei meiner Frau und würde wieder mehr saufen. Nein, Nena, du hast mich so magisch angezogen wie noch nie eine Frau vorher in meinem ganzen Leben. Ich habe mich vom ersten Augenblick an in dich verliebt, ich liebe dich immer noch und ich werde dich immer lieben.«

»Wow. Dass du so was sagen kannst, so kennt man dich gar nicht. Ich habe gespürt, dass du in mich verliebt bist und auch ich spürte dieses verlangende Gefühl. Ich musste den Angriff starten, oder? Du hättest es nicht getan, stimmt's?«

»Schau, ein alter Depp im Fitnessstudio macht seiner 23 Jahre jüngeren Trainerin eine Liebeserklärung ... und blamiert sich bis auf die Knochen.«

»Ha, ha, da ist was dran. Aber klar, die Frau sucht den Mann aus. Da kann er sich noch so produzieren und anstrengen, die Wahl trifft immer das Mädchen.«

»Da hatte ich aber Glück, dass du meine Gefühle bemerkt hast.«

»Wolff, ich liebe dich. Lass uns einfach zusammen sein. Ein Papier brauchen wir dazu nicht. Komm, lass uns reingehen.«

Ich gehe um den Tisch herum, hebe Nena, das Leichtgewicht, auf meine Arme und trage sie durch den Wohnraum in das Schlafzimmer, dort lege ich sie sanft auf das Bett. Sie zieht mich zu sich hinunter und wir küssen uns zärtlich und lange. Dann liegt unsere Kleidung auf dem Boden neben dem Bett. Ich streichle ihre samtweiche Haut und küsse ihren Körper lange von ihren kleinen Füßen bis hinauf zu ihrem schlanken Hals. Ihr zarter Duft ist wie von einer Rosenblüte im Sommerwind und ich atme ihn tief ein. Dann spüre ich ihre zitternde Erregung und wir vollführen unser Liebesspiel, inspiriert von den scharfen Genüssen Asiens, mit heißem, hingebungsvollen und tief verliebtem Verlangen.

Harald ist von seinem Besuch am Burgberg zurück. Es war die Stemmermeier, die Verena damals in der Villa besucht hat und die auch dort war, als der Niedenbrock die Verwaltung übernommen hatte, weil die Westheim einsaß. Überraschend ist das nicht. Eine Angestellte in der Apotheke der Westheims kommt in die private Villa. Das kann tausend Gründe gehabt haben. Und die Besuche danach sind jetzt auch nicht so überraschend. Allerdings, wenn da nur der Hausmeister zugegen war und nicht der Anwalt Niedenbrock, dann wird es schon interessanter, nach einem Grund zu suchen.

»Harald, fahr doch in die Apotheke und frage die Damen dort, ob sie sich einen Grund vorstellen können oder vielleicht sogar einen wissen, warum die dort gewesen sein könnte.«

»Gleich?«

»Gestern!«

»Ich bin schon weg!«

Ruschka kommt herein und macht die Tür hinter sich zu.

»Wolff, ich habe Ihren Vorschlag für meine Nachfolge sehr ernst genommen und meine Fühler schon vorsichtig ausgestreckt. Wir sind ja nun mal in Bayern und Sie wissen, woher der Wind weht. Es gibt in der Politik sicher einige hochrangige Posten, die mit Frauen besetzt sind ...«

»Aber nur, wenn sie brav und folgsam sind und weiter keinen Ärger oder nicht abgesprochene Alleingänge machen!«

»So ähnlich hätte ich das auch ausgedrückt. Mein Lieber, es geht ja nicht um den Posten des Polizeipräsidenten, sondern nur um die Leitung der Kommissariate. Und schon kommt, wie sollte es auch anders sein, die Grundsatzfrage, warum da ausgerechnet eine Frau auf die Stelle soll. Gleichheitsgrundsatz, Quote, alles nur Schein. Da scharren schon etliche Interessenten mit den Hufen, die alle ganz besondere Beziehungen haben.«

»Nur keine Kompetenz, wie immer!«

»Ich will gar nicht näher darauf eingehen, wer da alles Ambitionen hat. Keinen von denen will ich haben, da könnten wir morgen zumachen, wenn das einer von denen wird!«

»Und zufällig ist keine Frau unter den Kandidaten?«

»Ganz zufällig nicht.«

»Was kann ich tun?«

»Nichts. Allerdings, wenn jetzt Frau Merkel irgendeinen Fahndungserfolg vorweisen könnte, bei dem keiner mehr darüber hinwegsehen könnte, dann ...«

»Ihre Beziehungen reichen diesmal nicht?«

»Nein, mein Gegenspieler ist zu mächtig, diesmal muss ich andere Wege einschlagen.«

»Ilse meinte kürzlich, sie hätte eine Spur zu unserem Pfeilmörder. Ich weiß aber nicht, wie weit sie da wirklich ist.«

»Könnten Sie mit ihr darüber sprechen?«

»Wenn es unbedingt sein muss. Aber ich habe Ilse vorgeschlagen und muss jetzt mithelfen, ihr die Stelle zu verschaffen!«

»Respekt, Wolff, Respekt. Wie geht es mit der jungen Dame?«

»Herrmann, es ist eine sehr innige Beziehung geworden. Nein, wir werden nicht heiraten, wir möchten einfach nur zusammenbleiben.«

»Keine Kinder?«

»Ich denke nein. Sie liebt ihren Beruf und wird sicher nicht darauf verzichten wollen.«

»Kita? Das ist doch heute der Normalzustand!«

»Bei ihren Schichten? Und ganz ehrlich, bin ich dafür geschaffen, Nachwuchs zu haben?«

»Wolff, Sie haben sich meine Antwort gerade selbst gegeben. Ich kenne Sie schon geraume Zeit, aber der ›Fuchs‹ und ein Kind?«

Ruschka schüttelt lächelnd den Kopf.

»Herrmann, ich habe geheiratet und es hat sich herausgestellt, dass ich nicht der Richtige für eine solche Verbindung bin, ich lasse das in Zukunft einfach. Ich habe gesehen, was das in unserem Rechtssystem für ein Zirkus ist, eine Ehe zu beenden. Es war einfach nur entsetzlich.«

»Sie bleiben bei ihrer Nena für immer?«

»Wenn sie das will, ja. Wenn sie das nicht mehr will, hat sie ihre Freiheit und muss nicht die Ämter abklappern, um diese Freiheit zu bekommen.«

»Das sind weise Sätze, Wolff. Und jetzt gehen Sie bitte zu Ilse wegen des Pfeilmörders.«

Es war im Jahr 2014, als in Atzelsberg[4] bei Erlangen ein höherer Beamter, der über staatliche Subventionen in Millionenhöhe zu entscheiden hatte, bei einer Hochzeitsfeier von einem bezahlten Mörder mit zwei Pfeilen getötet wurde. Der Beamte hatte den richtigen Riecher und stocherte in zwielichtige Vorgänge hinein, was der Politik damals so gar nicht recht war.

---

[4] Krimi »Zuckerrübenmord«

Den Täter, der offenbar europaweit beschäftigt war, haben wir bis heute nicht gefasst, aber ich habe damals zusammen mit den Kollegen eine unglaubliche Korruptionsaffäre in der Politik aufgedeckt, die zur Verhaftung des Haupttäters und zum Selbstmord eines hohen Politikers führte.

Zu Ilse. Im Dezember ist der Termin. Unser Anwalt meinte, dass es eine Formsache von einer Viertelstunde sei. Mal sehen.

»Hallo Ilse.«

»Du? Du kommst in mein Büro? Gibt es ein Problem mit dem Scheidungstermin? Bestimmt! Sonst traust du dich ja nicht herein zu mir.«

»Nein, es läuft alles wie besprochen. Ich bin nur etwas neugierig. Du erwähntest kürzlich unseren Pfeilmörder. Bist du da weitergekommen?«

»Bist du Hellseher? Du fragst das auf den Punkt genau. Aber du warst ja schon immer einen Tick schneller als alle anderen. Setz dich.«

»Du hast was?«

»Und ob. Der Mord in Atzelsberg war im Dezember 2014. Das sind jetzt fast sechs Jahre her. Die Untersuchungsmethoden und die labortechnischen Möglichkeiten haben sich seither enorm entwickelt. Wir können geringste Spuren von den Tätern nahezu auf allen Gegenständen realisieren. Die tödlichen Pfeile von damals sind natürlich noch asserviert und ich habe sie in ein Speziallabor nach Antwerpen schicken lassen.«

»Wir hatten damals keine Spuren gefunden und der Täter trug doch Handschuhe, oder?«

»Schon richtig. So ein Pfeil ist befiedert, damit er schön fliegt. Du weißt, der Mörder versteckte sich hinter einem Gebüsch, er hockte oder kniete also. Und er musste genau zielen. Ich war bei einem Bogensportverein und habe mir das mal zeigen lassen. Die halten die gespannte Sehne beim Zielen mit dem befiederten Pfeil an die Wange. Mal mehr und mal etwas weniger. So müssen sie aufpassen, dass sie sich beim Loslassen der Sehne nicht verletzen. Die meisten vermeiden diese Technik, aber manche Profis brauchen das, um sicher zu sein. Nun gibt es Naturfedern, die sehr weich sind, und es gibt welche aus Kunststoff, die härter sind. Unsere Pfeile haben Kunststofffedern.«

»Jetzt sag bloß ...«

»Genau. Unser Mörder hat sich beim Abschuss des einen Pfeiles ganz leicht verletzt. Die Labortechniker sind sich nicht sicher, ob er geblutet hat oder ob es nur eine Spur von Schweiß ist, die sich auf der einen Feder finden ließ.«

»DNA?«

»Ja. Ich konnte es auch fast nicht glauben, aber sie konnten eine DNA sicherstellen.«

»*Eine* DNA?«

»Ja. *Eine* DNA!«

»Dann ist es nicht sicher, ob es die vom Täter ist!«

»Doch! Ich bin ja noch nicht fertig. Offenbar wurde unser Profi im Laufe der Zeit nachlässig. Ich habe mich mit Interpol in Verbindung gesetzt und mir die Mordwaffen von damals aus Brüssel, Verona und Barcelona kommen lassen.«

»Die haben mitgespielt?«

»Das hat mich eine Menge Überredung gekostet und schließlich brauchte ich noch die Hilfe von unserem Chef.«

»Erzähl!«

»Brüssel hat heftig gemauert. Du weißt schon, damals der Luxemburger Abgeordnete im Europaparlament, der seinen Nebenbuhler loswerden wollte ...«

»Losgeworden ist!«

»Ja, meine ich ja. Also, jedenfalls kam da kräftiger Widerstand der Staatsanwaltschaft in Brüssel. Keine Akteneinsicht, kein Asservat, kein gar nix. Ich habe meine Gesuche immer und immer wieder eingereicht, ohne Erfolg. Bis Ruschka eingegriffen hat. Verona war da kooperativer.«

»Die ermordete Staatsanwältin?«

»Genau die. Die soll ja einem Mitglied der dortigen Abgeordnetenkammer auf die Schliche gekommen sein. Er soll Geld genommen haben. Und dann musste die neugierige Dame weg. Jedenfalls habe ich die Pfeile bekommen.«

»Es ist die gleiche DNA, stimmt's?«

»Ja. Auch da war sie wohl schlampig, die Frédérique.«

»Was? Eine Frau? Und du kennst bereits ihren Namen?«

»Genau. Und vorgestern habe ich mit ihr gesprochen!«

»Jetzt haut mich das um. Du hast den Fall gelöst?«

»Sagen wir so, ich habe die Mörderin von unserem Hans Habermüller gefunden. Sie sitzt in Barcelona in Untersuchungshaft.«

»Jetzt, Ilse, das ist eine Sensation! Ruschka weiß noch nichts?«

»Nein, aber er war es, der mir die Akte und das Asservat aus Brüssel besorgt hat. Der hat vielleicht Beziehungen.«

»Ich weiß, ich weiß.«

»Auch da konnten wir noch Spuren finden. Dieselben wie bei uns hier und wie in Verona. Ich habe dann noch einen mysteriösen Fall in Barcelona gefunden, übrigens, da gibt es sehr schöne Frauen ...«

»... ja, ich gebe es zu ... da konnte ich nicht widerstehen ...«

»... dort wurde ein reicher Bankier weggezischt ... also du weißt ... mit Pfeilen.«

»Warum der?«

»Seine Frau hatte herausbekommen, dass er eine jüngere hatte. Die Ehefrau sitzt im Katalanischen Parlament ...«

»Da hatte ich ja noch Glück!«

»Quatschkopf.«

»Dann war sie quasi fast ausschließlich für die Politik tätig, die liebe Frédérique?«

»Nein. Sie hat nur die letzten Jahre für solche Herrschaften gearbeitet. Vorher war ihr egal, wer sie bezahlt. Übrigens, sie kennt die Moreauxs[5] recht gut.«

»Da schau her. Ihre lieben Kollegen.«

»Und sie kann sich vorstellen, wo sich unser lieber flüchtiger Serge[6] gerade aufhält!«

»Das wär' ja ein Ding! Aber sag, wie seid ihr der letztlich auf die Spur gekommen, ihr hattet ja nur den Beweis, dass alle vier Morde von ein und derselben Person verübt wurden.«

»Von ein und derselben Frau, meinst du. Wolff, DNA!«

»Ja, fast vergessen. Also wie?«

»Wie gesagt, sie wurde etwas nachlässig. Wobei das nur bei den uns bekannten Fällen vorkam. Ich bin auf eine ganze Reihe anderer mysteriöser Todesfälle gestoßen, europaweit und nicht nur mit Pfeilen, bei denen irgendwie immer die Politik eine Rolle spielte. Aber gut, dort wurden keine Spuren gefunden, die auf Frédérique hindeuten könnten. Die Dame ist 39 und sieht nicht schlecht aus. Sie lebte als ganz normale Bürgerin in Barcelona, nicht einmal unter falschem Namen, das wäre aufgefallen. Eines Nachts so vor etwa drei Wochen, wurde sie überfallen, ausgeraubt

---

5 Krimi »Blutwirtschaft«

6 Krimi »Mord in der Harrer-Klinik«

und vergewaltigt. Sie hatte einen der Täter aus dem Milieu erkannt und Anzeige erstattet.«

»Das war der Fehler.«

»Du kannst dir eben nicht vorstellen, was so eine Tat bei einer Frau auslöst. Sie wollte, dass der dafür bestraft wird.«

»Und dann musste sie sich untersuchen lassen. Verstehe.«

»Das wäre noch gut gegangen, wenn nicht eine mehr als übereifrige Kollegin dort bei der Polizei, die mit meiner Anfrage befasst war, sich unbedingt das Untersuchungsergebnis von Frédérique näher ansehen musste und der Bericht von mir über ›den‹ Pfeilmörder von Nürnberg daneben auf ihrem Schreibtisch lag.«

»Sie hat die Übereinstimmung der DNA gesehen, es gibt Zufälle, die kann es eigentlich nicht geben.«

»Sie hat mich gleich angerufen und ich bin hingeflogen. Frédérique hat einen deutschen Pass und ist für die Spanier weniger interessant. Wir haben meine Ergebnisse von dem Mordfall damals in Nürnberg mit dem Untersuchungsbericht noch einmal verglichen und das Ergebnis war eindeutig. Frédérique wurde noch in der gleichen Nacht verhaftet und ich konnte mit ihr sprechen.«

»Du erstaunst mich immer mehr, Ilse.«

»Frédérique ist eine sehr attraktive Französin und wie gesagt, erst 39 Jahre alt. Ihr ist bewusst, dass ein Mord ausreicht, sie für immer in das Gefängnis zu bringen. Wir haben uns unterhalten und plötzlich hat sie mir ein Angebot gemacht.«

»Ein Angebot?«

»Wolff, jetzt denk' mal nach! Sie kann ihre Auftraggeber hochgehen lassen, wie es ihr beliebt. Da wäre was geboten in einer Gerichtsverhandlung. Ich habe sie allerdings davor gewarnt, wenn das vorher herauskommt, hilft ihr keine Gefängnismauer als Schutz. Sie wäre Freiwild. Dann habe ich sie auf den Habermüller, also unseren Atzelsbergmord, angesprochen. Sie meinte, dass ihr dieser Auftrag gar nicht recht gewesen sei. Meistens waren ihre Opfer irgendwie auch korrupte Arschlöcher. Aber der kleine Beamte? Sie hätte aber einen Ruf zu verlieren gehabt und dann hätte sie es gemacht. Der Preis hätte sich aber verdoppelt.«

»Sie hat also schon ein Gewissen.«

»Wolff, ich weiß die Namen der Auftraggeber von Brüssel, Verona und Barcelona!«

»Diese Frédérique kennt ihre Auftraggeber?«

»Diese drei ja. Die waren so überzeugt von ihrer Immunität, dass sie das Geld und die Zielperson nicht anonym übermittelt haben. Unseren toten Minister kennt sie nicht, der war vorsichtig genug. Aber der ist ja Geschichte.«

»Ilse, das gefällt mir nicht, dass du die Namen kennst, das gefällt mir gar nicht. Du könntest wieder in Gefahr geraten.«

»Das ist dir nicht egal?«

»Jetzt bitte, du kennst mich!«

»Gut genug, gut genug. Oft war ich dir allerdings mehr als egal, aber gut. Niemand weiß, dass ich diese Namen kenne. Sie hat sie mir genannt, falls ihr etwas zustoßen sollte, obwohl sie die Namen bereits bei einem Notar hinterlegt hat. Sie vertraut niemandem.«

»Ilse, ich bin jetzt mal indiskret und auch illoyal unserem Chef gegenüber. Das weißt du noch nicht. Ruschka hat mir seine Nachfolge angeboten.«

»Wolff, das ist ja traumhaft, das ist eine glänzende Karrierechance nach oben, die kein Hauptkommissar bekommt. Du hast doch gleich zugesagt?«

Ich sehe lange mit gesengtem Kopf auf den Tisch.

»Ilse, ich habe abgelehnt ...«

»Du hast was? So ein Angebot lehnt niemand ab, das geht doch gar nicht! Du bist doch total verrückt!«

»Bin ich nicht. Ich kann diesen Schreibtischjob nicht machen, ich brauche meine Freiheit. Ich habe dich an meiner Stelle vorgeschlagen ...«

Ilse sieht mich mit großen Augen an und kann erst gar nicht sprechen. Dann antwortet sie ungläubig.

»Mich? Du hast ihm mich vorgeschlagen, deine ungeliebte Noch-Ehefrau?«

»Ach, ungeliebt oder nicht, du bist die Richtige für die Stelle. Alle Kollegen wären begeistert. Und jetzt ist auch das eingetreten, was Ruschka meinte. Du weißt, dass Frauen im Polizeiapparat, sagen wir so, etwas benachteiligt werden. Wenn du allerdings einen grandiosen Fahndungserfolg vorweisen könntest ... dann ...«

»Verstehe, den Fahndungserfolg habe ich, ich kann nur nicht darüber sprechen!«

»Ilse Merkel enttarnt nach sechs Jahren und akribischem Ermittlungsaufwand den, sorry, die Pfeilmörderin von Hans Habermüller und weiteren Opfern in ganz Europa! Das ist doch die Schlagzeile schlechthin!«

»Und was passiert dann? Sie kriegt ihren Prozess hier in Nürnberg, wenn sie das bis dahin überlebt. Du wirst doch wohl nicht glauben, dass die sie am Leben lassen, wenn die Auftraggeber von Verona, Brüssel und Barcelona von dem Prozess Wind bekommen. Die werden schon dafür sorgen, dass es zu keinem Gerichtsverfahren kommt, in dem sie vielleicht mehr ausplaudert, als denen lieb ist, um ein milderes Strafmaß zu bekommen.«

»Aber die dortige Polizei weiß doch schon Bescheid!«

»Nein, eben nicht. Bisher gibt es nur eine Parallele zu unserem Fall in Nürnberg.«

»Die müssen doch nur ihre Pfeile untersuchen und mit der DNA von Frédérique vergleichen!«

»Können sie nicht.«

»Wie, können sie nicht?«

»Weil ich die habe!«

»Wie?«

»Hier, in dem Koffer da.«

»Jetzt verstehe ich gar nichts mehr!«

»Nun, ich habe erst mal nichts von meinen Ergebnissen bei der Polizei in Spanien erzählt. Die haben nur das Ergebnis der Habermüller-Pfeile.«

»Und die haben nicht nachgefragt, was du auf ihren Pfeilen gefunden hast?«

»Gefragt schon. Aber nachdem ich mit Frédérique gesprochen hatte, habe ich nur gesagt, dass ich noch keinen Befund habe. Also. Diese Frédérique hat mich angefleht, ihr zu helfen. Sie will einen Deal mit uns. Wir bekommen den Aufenthaltsort von Serge Moreaux und handfeste Beweise, die ausreichen für die Verhaftung ihrer Auftraggeber von Verona, Brüssel und Barcelona.«

»Das haben wir doch gar nicht in der Hand, da müssen die Behörden der Länder alle mitspielen! Ilse, das ist doch ein Kampf gegen alle Widerstände, die wir uns nur vorstellen können. Und du weißt, wie die Politik sich wehren wird. Mit allen Mitteln, die denen zur Verfügung stehen.«

»Das muss nur klug eingefädelt sein. Einstweilen haben wir nur die Mörderin von Habermüller und die möchten wir ausgeliefert haben. Punkt.«

Harald ist aus der Apotheke zurück. Die Stemmermeier musste oft Medikamente zur Westheim bringen, als die noch in der Villa wohnte. Meist so homöopathisches Zeugs oder Tapes für den Sport, die Verena brauchte. Die rief an und gab ihre Bestellung auf. Und Birgit wollte das immer selbst hochbringen auf den Burgberg.

»Ich kann mir schon denken, warum. Bei der Gelegenheit bekam sie wahrscheinlich immer ein wenig Koks.«

»Ja, klar. Woran sich eine der Damen aber plötzlich erinnerte, am Tag, an dem Birgit Stemmermeier starb, rief ein Mann an, der sie sprechen wollte. Sie nahm das Gespräch entgegen, stopfte irgendwelche Sachen in eine Papiertüte und sagte, sie sei kurz weg, ein Kunde brauche dringend was.«

»Typisch, erst, wenn man kräftig nachbohrt, kommt die Erinnerung.«

»Wolff, wie lange bist du schon bei der Truppe? Du kennst das doch. Es werden bei den Vernehmungen viele Geschichten erzählt, aber das, worauf es ankommt, das erzählen sie nicht. Das sind aber meist die fünf Prozent, die uns weiterbringen würden.«

»Und jetzt?«

»Ich bin gleich rauf zu der alten Dame gegenüber der Villa. Also die meint sich festlegen zu können, dass die Stemmermeier am 5. Juli so gegen 18.30 Uhr an der Villa geläutet hat. Mehr konnte sie nicht sehen, weil im Fernsehen gerade was lief, das sie unbedingt sehen wollte.«

»Jetzt müssen wir nur noch herausbekommen, wer in der Villa war. Der Niedenbrock, der Machwitz oder gar doch die Westheim? Oder alle drei?«

Bettina kommt zu uns.

»Ich habe mich noch mal beim Nachlassgericht erkundigt, ob der amerikanische Cousin sich gemeldet hat. Leider Fehlanzeige. Aber die Akte ist sowieso grad nicht da.«

»Wieso das?«

»Verenas Anwalt hat die Ende Mai nochmals angefordert, aber bisher nicht zurückgegeben. Die haben ihn schon mehrfach gemahnt, aber bislang keinen Erfolg gehabt.«

»Und so recht hinterher ist man da beim Amtsgericht auch nicht. Das riecht ja nach Arbeit.«

»Was macht der Niedenbrock eigentlich gerade? Ist der wieder in der Villa?«

»Wolff, wir observieren den nicht. Keine Ahnung. Sag mal, ihr wart doch bei dessen Festnahme in der Villa.«

»Und du mit grünem Gesicht im Bett!«

»Harald, mir war halt mal schlecht.«

»Wein?«

»Nee, ne Bekannte hatte Magen-Darm-Probleme und ich hab's halt auch abbekommen. Aber sagt mal, habt ihr euch um die verborgenen Zimmer gekümmert?«

»Dein Verlies?«

»Leute, da ist was, das spüre ich. Wir müssen nur gründlich suchen!«

»Hannah und ich haben uns diese kleine Betonfläche mit der Vertiefung angesehen, du weißt schon, die hinter den Garagen.«

»Und?«

»Komisch ist das schon. Wir konnten der nicht so recht eine Funktion zuordnen. Ich war sogar drinnen und habe alles abgeklopft. Nichts, kein Hohlraum, und warum da ein Gitter drauf liegt, ist auch nicht nachvollziehbar. Wir haben's mal zu den Akten gegeben und Fotos gemacht.«

»Ich seh' mir die Pläne noch genauer an, irgendwas muss ich übersehen haben!«

Nena ruft mich an.

»Wolff, hast du nächste Woche Zeit? Am Donnerstag? Hast du einen Smoking?«

»Nena, langsam, was ist los? Wieso einen Smoking?«

»Na ja, wir sind bei einer Gala eingeladen, in Nürnberg in der Meistersingerhalle, also ein Empfang mit Buffet, Musik, langweiligen Reden, aber ich möchte gerne hin.«

»Wieso eingeladen? Ich?«

»Eigentlich ich, aber mit Begleitung. Die Einladung brauchte sechs Wochen mit der Post!«

»Ich bin hier fertig und komme so in einer dreiviertel Stunde nach Hause, dann erzähle es mir genauer!«

Eine Gala? Mit einem Hauptkommissar der Kripo? Einen Smoking? Ich?

»Wir müssen dir was kaufen. Ich habe in deinem Schrank nachgesehen, da ist weder ein Anzug noch ein Smoking dabei!«

»Jetzt erzähl' erst mal, was da los ist bei diesem Empfang, oder der Gala, oder was auch immer.«

»Also, du weißt ja, dass ich früher einmal in die Model- und Modebranche hineingeschnuppert habe. Irgendwie stehe ich da noch auf einer Einladungsliste und heute war eine Einladung im Briefkasten. Da treffen sich viele aus der Modebranche, Modelagenturen sind da und welche vom Film, halt so 'ne Promibeweihräucherung mit Essen, Trinken, Quatschen und so weiter. Es gibt auch eine kleine Überraschung für dich. Das Fernsehen ist ebenfalls da. Ich möchte hin!«

»Mit mir?«

»Mit wem sonst?«

»Mit Smoking?«

»Klar!«

»Dann müssen wir einen kaufen.«

In Erlangen gibt es eigentlich nur zwei Geschäfte, wo man so was erstehen kann. In einem sind wir gelandet. Der Verkäufer sieht uns fragend an. Klar, er denkt, die junge Dame sucht etwas für den Vater aus oder so, aber sicher ist er sich nicht und er traut sich auch nicht zu fragen.

»Das Modell wäre doch sehr schön und die Qualität ist hervorragend, sie müssen den probieren! Sie suchen etwas für Ihren ...«

»... Partner aus, sehr richtig. Auch wenn Sie ungläubig schauen, er ist nicht mein Vater! Wir lieben uns, verstanden?«

So kenne ich Nena gar nicht. Wow, so selbstbewusst, schlagfertig und verbindlich.

»Genau, wir lieben uns. Und anschließend suchen wir noch ein traumhaftes Kleid. Das haben Sie doch in Ihrem Geschäft, oder?«

Nena lächelt erst mich an und dann den Verkäufer.

»Selbstverständlich, warum nicht auch noch ein Kleid! Wir haben traumhafte Kleider!«

Der Smoking passt dank meines intensiven Trainings sehr gut. Ich wollte ja ein offenes schwarzes Hemd dazu tragen, aber Nena besteht auf einem weißen Smokinghemd mit schwarzen Knöpfen und einer Fliege. Dazu Kummerbund und Manschettenknöpfe. Von Letzteren habe ich noch welche.

Das Kleid, das Nena sich anschließend aussucht, ist der Traum schlechthin. Ein schlichtes Etwas in Schwarz. Ganz schlank geschnitten und knöchellang. Vorne hochgeschnitten, sodass nur noch Platz für ein schmales Collier bleibt, das den Hals betonen kann, darunter verhüllt der dünne Stoff die zarte junge Haut. Aber dann. Der runde Ausschnitt hinten lässt tief blicken. Er präsentiert Nenas wunderschönen Rücken bis hinunter ... also bis dahin, wo man es gerade noch vertreten kann. Die beiden süßen Grübchen über ihrem Po sind noch sichtbar. Mir fehlen die Worte. Bei der Rechnung ebenfalls.

Eine Woche später. Es ist Showtime. Die Veranstaltung wurde genehmigt, weil nur geladene Gäste zugelassen wurden und eine Obergrenze von 200 eingehalten wird. Schließlich sei es keine Vergnügungsveranstaltung, sondern ein rein berufliches Treffen. Genügend Abstand ist in dieser großen Halle gewährleistet. Okay, der Veranstalter hat wohl beste Beziehungen und auch ein paar Herrschaften aus der Politik sind schließlich geladen. Wohl ist mir dabei nicht. Harald hatte sich bereit erklärt, uns abzuholen und zur Halle zu bringen. Die Nummer ist aufgezogen wie eine Oscarverleihung. Auf dem Parkplatz stehen Übertragungswagen des Rundfunks, Ordner sperren alles ab und wollen uns zu einem kleinen Nebeneingang leiten. Harald ist gar nicht einverstanden, lässt die Scheibe herunter und stellt das Blaulicht auf das Dach. Dann meint er zu den Sicherheitsleuten, dass sie sich da ganz sicher irrten und er jetzt vor den Haupteingang fahre. Zur Betonung hält er ihnen auch noch den Dienstausweis vor die Nase. Harald bremst den Wagen genau vor dem roten Teppich, steigt aus und öffnet uns die Wagentüre. Dann verneigt er sich und ich muss fast lachen. Aber er macht das gut. Es fehlt nur noch die Chauffeurmütze. Ich steige aus und halte Nena meine Hand hin. Ein Mann, ebenfalls im

Smoking, begrüßt uns und Nena gibt ihm ihre Einladung. Sie scheinen sich zu kennen, denn Nena flüstert ihm schnell ein paar Worte ins Ohr. Er geleitet uns zu dem besagten Teppich und schon beginnt das Blitzlichtgewitter der Reporter. Nena winkt nach allen Seiten in die Zuschauer, die sich trotz Beschränkungen eingefunden haben, und bringt sich gekonnt mit zauberhaftem Lächeln in Pose. Man meint, sie hätte nie etwas anderes gemacht. Dann hängt sie sich bei mir ein und wir schreiten weiter Richtung Eingang. Aus den Lautsprechern erklingt »Three Times A Lady«, dann verkündet eine sonore männliche Stimme »meine Damen und Herren, begrüßen Sie Miss Bayern 2016, Nena Wangen mit Begleitung, Hauptkommissar Wolff Schmitt.«

Ich sehe Nena in die Augen und verstehe gar nichts mehr. Der Moment überwältigt mich vollständig. Nena setzt ihr süßestes Lächeln auf und dann schließt sie ganz kurz ihre Augen. Als sie sie wieder öffnet, fällt ihr warmer, offener und verliebter Blick auf mich. Das war ihre Überraschung und ich bin nicht in der Lage, irgendetwas zu sagen.

»Komm, Wolff, lass uns reingehen. Es gibt Champagner!«

So, so, Miss Bayern 2016. Und mit keinem Wort hatte sie das erwähnt. Ich erlebe an diesem Abend eine ganz andere Nena. Sie ist voll in ihrem Element. Ich lerne hochgestylte Damen von Modelagenturen kennen, jede Menge Fotografen, mit denen Nena schon gearbeitet hat, und für den Bayerischen Rundfunk gibt sie ein kurzes Interview. Nena hat richtig Freude an diesem Abend. Ein Journalist erinnert sich sogar an meinen Monsterfall damals an der Fleischbrücke in Nürnberg. Er will mich anrufen und über unseren aktuellen Fall berichten.

Es ist der 28. September und Waldspaziergänger haben die Leiche von Klaus Niedenbrock entdeckt. Jedenfalls das, was davon noch übrig ist. Sie liegt in einer Sandgrube im Meilwald, unweit des Krankenhauses. Ich bin auf dem Weg dorthin. Dr. Rosser hat Urlaub. Es kommt die Vertretung. Anh begleitet mich, weil die anderen wieder einmal mit einem Ehedrama in der Südstadt beschäftigt sind. Cem hat mich kurz über die unübersichtliche Lage informiert. In einer Wohnung im 7. Stock eines Hauses in der Untersbergstraße soll sich ein Familienvater verschanzt haben, nachdem er auf seine Frau geschossen hat. Jedenfalls sieht alles danach aus. Er droht, die Kinder zu töten, wenn er nicht unbehelligt abziehen darf. Gut Kollegen, viel Erfolg.

»Anh, der Anblick wird nicht schön sein. Sind Sie mit so etwas vertraut?«

»Da machen Sie sich mal keine Sorgen, Chef. Ich habe zu Hause einen Karton mit alten Fotos, die meine Großeltern in Vietnam gesammelt haben. Meine Eltern hatten die mit nach Deutschland gebracht. Haben Sie schon einmal Napalmopfer gesehen?«

»Nein, offen gestanden nicht. Vielleicht mal kurz im Fernsehen, aber nicht so bewusst.«

»Das ist der grausamste Tod, den man sich vorstellen kann. Menschen bei lebendigem Leib wie über einen Gasbrenner gelegt, abgefackelt, gegrillt, wie auch immer man das nennen will, kein Hautfetzen ist mehr vorhanden und der Rest ist nur noch verbranntes Fleisch. Das schlimmste ist, dass meine Großeltern die meisten davon gut kannten und einige mit uns verwandt waren. Schlimmer kann das nicht werden, was jetzt auf uns zukommt.«

Ich schweige mit gesenktem Kopf.

Der Fundort liegt am Fuße des Burgbergs, genauer gesagt, zwischen Burgberg und Rathsberg im Wald. Wir fahren auf einem schmalen Forstweg dorthin. Die Kollegen haben bereits die Einfahrt von der Rudelsweiherstraße in diesen Weg abgesperrt. Ich biege links in einen weiteren Waldweg ab und werde eingewiesen. Linker Hand sehen wir die Sandgrube. Eine junge Frau in weißem Overall kommt uns entgegen.

»Das muss unser Hauptkommissar Wolff Schmitt sein. Guten Tag. Mein Name ist Cai Wittmann, ich vertrete Dr. Rosser.«

»Das freut mich Frau Wittmann, das hier ist meine Kollegin ...«

»... nennen Sie mich einfach Anh ...«

Die beiden Frauen begrüßen sich mit einer kleinen Verbeugung, die man kaum wahrnimmt. Als diese Cai kurz ihre Maske hinunterschiebt, kann ich feine asiatische Gesichtszüge erkennen.

»Ja, was soll ich sagen, Herr Schmitt, viel übrig ist von diesem Menschen nicht mehr bei diesen Temperaturen. Kommen Sie mit.«

»Wie hat man ihn identifiziert?«

»Sein Ausweis lag neben ihm. Man sollte ihn wohl gleich erkennen.«

»Wie bei Goodwin. Seltsam. Aber ist das gesichert?«

»Nun, ein paar Untersuchungen werden wohl noch nötig sein. Aber soweit ich mich da aus dem Fenster lehnen traue, dürfte der Ausweis zur Leiche gehören!«

Wir gehen näher heran, nachdem wir unsere Schutzkleidung übergestreift haben, natürlich mit Schutzmaske, die wäre sowieso Standard, nicht nur in dieser Zeit. Die Natur hat schon begonnen, sich den toten Körper zurückzuholen. Es stinkt erbärmlich. Wie Anh vorhin bemerkt hatte, viel Haut ist nicht mehr vorhanden. Fliegen und Würmer haben fast schon ganze Arbeit geleistet. Neben dem Kopf liegt eine Brille im Sand, die der auf dem Ausweisdokument entsprechen dürfte. Ein Ohr ist noch recht gut erhalten und es fällt ein sehr dickes Ohrläppchen auf. Der grausige Rest des Gesichts ist stark von der Verwesung betroffen.

»Sehen Sie hier, das Ohrläppchen, er hatte da wohl einmal eine Erfrierung, ist dem auf dem Foto schon sehr ähnlich. Die Brille dürfte identisch sein.«

»Wie lange liegt der hier schon?«

»Da kann ich nur spekulieren, es kommt auch auf die Todesursache an, denn hier wurde er nicht getötet!«

»Hier nicht?«

»Nein. Man hat ihn hierhergebracht. Dort, sehen sie die Schleifspuren? Viel geregnet hat es nicht und deswegen sieht man die noch. Und die Kollegen da hinten untersuchen gerade Reifenspuren.«

»Und die Todesursache?«

»Sehen sie hier.«

Cai Wittmann dreht den Kopf zur Seite.

»Ein Genickschuss aus nächster Nähe. Alles Weitere kann ich ihnen erst nach der Obduktion sagen.«

»Eine ungefähre Zeit? Es würde uns weiterhelfen ...«

»Gut, er wurde mit Sand bedeckt. Lassen Sie mich nachrechnen ... wir haben Ende September ... die hohen Temperaturen ... einigen Niederschlag ... also ganz vorsichtig Ende August, vor einem Monat, zwischen dem 20. und 30. August. Plus minus fünf Tage.«

»Danke, Sie schicken mir den Bericht?«

»Nein, ich werfe ihn weg!«

Humor hat sie. Ist das jetzt der dritte Mord, der auf die Rechnung von Verena Westheim geht? Sie rächt sich, aus welchem Grund auch immer, für ihren Gefängnisaufenthalt? Birgit Stemmermeier hat sie durch ihre Zeugenaussage zumindest ein wenig belastet. Gregory Goodwin hat sie verpfiffen. Ob seine Aussage ausschlaggebend war, kann man bezweifeln. Aber für ein kleines Motiv reicht das. Der Klausi hat sie aus dem Knast geholt, so unsere vage Vermutung, und dann ist er ihr auf den Keks gegangen, hat zu viel von ihr gefordert, sie bedrängt, erpresst oder was auch immer. Auch da könnte ich mir ein Motiv vorstellen.

Die Westheim hat schließlich die armen Bensdorfs als Versuchskaninchen für ihre Giftmischung benutzt und eiskalt umgebracht. Also, legen wir die Messlatte mal nicht zu hoch. Jedenfalls ist Verena noch gefährlich unterwegs. Die Streife hat unseren Wagen aus dem Wald gebracht, wir hätten da eigentlich gar nicht reinfahren sollen. Landschaftsschutzgebiet. Dann laufen wir halt das kurze Stück zurück.

»Wolff, darf ich Sie etwas Persönliches fragen?«

»Nur zu, ich muss ja nicht antworten.«

»Sie sind der Zuneigung von jungen Frauen nicht abgeneigt?«

»Oh, hat Hannah mal wieder aus dem Nähkästchen geplaudert?«

»Nein, nein. Das hat mit Hannah nichts zu tun. Harald erwähnte mal was. Sie waren mit Hannah zusammen?«

»Das ist lange her. Da ist nichts mehr zwischen uns.«

»Wirklich?«

Anh legt ihren Arm um meine Taille. Erst will ich zurückweichen, aber ich zögere.

»Sie sind ein sehr interessanter Mann, Wolff. War Hannah zufrieden mit Ihnen?«

»Was für eine Frage. Zufrieden? Bin ich ein Versandartikel?«

»Na, Sie wissen schon, so im Bett?«

»So eine blöde Frage, stellen Sie sie Hannah.«

»Oh!«

Anh löst sich und bleibt mir gegenüber stehen. Ganz nah. Sie umfasst meine Hüften und zieht mich an sich heran. Wolff Schmitt, nein, dieses Mal nicht, dieses Mal nicht. Anh blickt mich mit großen Augen fragend an. Wolff, denk' nach, du rennst wieder ins Verderben, du machst wieder alles kaputt. Wenn da nur nicht diese atemberaubende Schönheit wäre ...

Ich beuge meinen Kopf hinunter zu dem leuchtenden Mondschein und unsere Lippen sind nur noch wenige Zentimeter auseinander, wir öffnen sie behutsam und sind für die zärtliche Berührung bereit, als uns von hinten eine Stimme anschreit.

»Kommissar Schmitt, warten Sie, die Autoschlüssel, ich habe Ihre Autoschlüssel noch in meiner Tasche, hier!«

Erschrocken lösen wir unsere Umarmung und Anh sieht verärgert zu dem Kollegen hinüber.

»Ja, ist gut, legen Sie sie dort auf die Holzbank, ich hole sie dann.«

»So ein Idiot«, meint Anh, »hat der keine Augen im Kopf?«

»Die waren hier schon einmal schlimmer. Komm, wir fahren ins Präsidium. Vielleicht ist es auch besser so.«

»Du kneifst.«

»Dann kneife ich halt.«

Als wir im Wagen sitzen und die Gurte anlegen wollen zieht mich Anh fest zu sich und ihre weichen Lippen sind schon auf den meinen. Zart und feucht drückt sie ihre Zunge in meinen Mund und dann fühle ich wilde Entschlossenheit in ihren fordernden Stößen. Solch einen heftig verlangenden Kuss habe ich noch nie gespürt. Sie will gar nicht aufhören und ich genieße es. Ich genieße das Spiel. Dann hält sie inne, sie löst die Umarmung und blickt mich schweigend an.

»Anh, du bist eine unglaublich fantastische Frau ...«

»Aber?«

»Ich konnte gerade der Versuchung nicht widerstehen. Das ist meine Natur, so bin ich. Ich habe das eben genossen, ganz ehrlich genossen. Aber mehr kann ich dir nicht geben. Ich habe mein Leben gerade fest im Griff und ich kann nicht wieder alles kaputt machen.«

»Ist sie so gut zu dir, deine Kleine?«

»Ich liebe sie und sie ist noch viel besser zu mir, das weiß ich jetzt ganz genau. Anh, es tut mir leid, aber ...«

»Lass gut sein, ich dachte halt ...«

»Dass ich keine auslasse?«

»So ähnlich. Es ist nur so, dass viele Männer nur auf meine Exotik abfahren und mein Selbst sie wenig interessiert. Bei dir hatte ich diesen Eindruck nicht.«

»So bin ich auch nicht. Ich sehe Schönheit, ich sehe Charakter und ich sehe die Frau. Die Exotik, wie du es nennst, spielt für mich keine Rolle.«

Ruschka ruft Ilse und mich zu sich. Ihm sind drei Morde in Erlangen zu viel, ohne dass wir Ergebnisse vorweisen können.

»Wolff, Sie wissen, dass ich nicht so der Drängler bei Ermittlungen bin. Aber drei Tote und gar nichts kann ich nach oben nicht länger vertreten.«

»Herrmann, ich verstehe Sie gut. Das Problem ist, dass wir seit dem Ausbruch der Westheim nur eine einzige Spur haben, und die verlief sich in Gräfenberg. Irgendwie. Unsere weitere Hoffnung auf Klarheit liegt jetzt in der Rechtsmedizin. Eine Vergiftete, ein Verstümmelter und ein Erschossener, das ist das, was ich Ihnen anbieten kann. Und ein Anwalt, der mir höchst verdächtig vorkommt, der aber schweigen darf und den wir nicht observieren dürfen.«

»Aber der Zusammenhang, Wolff, der Zusammenhang ist doch da! Und ein Motiv!«

»Schon. Verena Westheim hätte bestimmt für jeden Mord Gründe, die wir allerdings nicht kennen und deswegen nur im Trüben stochern. Was mich vor allem stört, ist, dass es keinerlei Spur von ihr gibt oder auch nur Hinweise, wo sie sich aufhalten könnte.«

»Frau Saalfrank machte doch so Andeutungen über ein geheimes Versteck ...«

»Bettinas Verlies? Herrmann, ich glaube, dass da ihre Fantasie etwas mit ihr durchgeht. Ich war da oben auf dem Berg in der Villa und ich habe nichts dergleichen gefunden.«

»Wolff, Sie sind nicht mehr so verbissen wie früher und auch nicht mehr so der ganz scharfe Ermittler. Meinen Job wollen Sie ja nicht.«

»Das ist geklärt, nein. Übrigens, ich musste Ilse von meinem Vorschlag informieren. Es gibt auch Neuigkeiten. Ilse?«

Ilse berichtet von ihrem Erfolg bei der Suche nach dem Pfeilmörder, also der Pfeilmörderin. Sie legt Ruschka alle Beweise auf den Tisch und erzählt von ihrem Besuch in Barcelona. Eine halbe Stunde dauert ihr Vortrag. Ruschka hört ihr aufmerksam zu, ohne sie ein einziges Mal zu unterbrechen. Als sie fertig ist, sieht er schweigend auf den Tisch. Ich löse die Stille auf.

»Das ist eine sehr verzwickte Situation, oder?«

»Verdammt verzwickt, aber auch verdammt gekonnt ermittelt, Frau Merkel, mein Kompliment, ich ziehe meinen Hut!«

»Aber Chef, wie soll ich weitermachen? Der kleinste Fehler und die Frau ist tot! Wenn rauskommt, was sie weiß, dann ist sie nicht mehr sicher.«

»Und wenn rauskommt, was du weißt, Ilse, dann bist auch du nicht mehr sicher. Herrmann, ich sehe im Moment keine Lösung.«

»Na mal nicht so vorschnell. Sie wissen, Wolff, dass ich ein paar Leute kenne. Ich werde mal sehen, was ich da tun kann. Und wir stellen erst einmal einen Auslieferungsantrag.«

»Bitte?«

»Nirgendwo ist diese Frédérique sicherer als hier bei uns in Nürnberg. Herrschaften, es wäre doch auch eine Sensation, wenn Ilse, Entschuldigung, Frau Merkel nicht nur den Zuckerrübenfall gelöst, sondern auch noch den flüchtigen Serge Moreaux wieder dingfest gemacht hätte. Ich melde mich. Die Sache ist eilig und darf vor allem nicht an die Presse, noch nicht. Frau Merkel, bereiten sie den Auslieferungsantrag vor, halt, vielleicht reicht ein Überstellungsantrag, ich werde mir überlegen, wen ich da einspanne. Der muss absolut vertrauenswürdig sein.«

Wolff, alte Spürnase, man findet immer etwas. Irgendeine Kleinigkeit, der man zuerst keine Bedeutung beimisst. Ein Zigarettenstummel, ein Streichholzheftchen, vielleicht ein gebrauchtes Tampon, wie Hannah es damals gefunden hatte. Aber wo suchen. Die Villa, klar, da waren wir aber schon zwei Mal drin und es war jedes Mal eine Fehlanzeige. Die Apotheke, jetzt wird es schon wärmer, immerhin lag da die Stemmermeier. Moment, die Wohnung in Gräfenberg. Ich muss sofort die Berichte nachlesen, da waren wir doch gar nicht drin, oder?

»Harald! Wart ihr in der Wohnung von Klausi in Gräfenberg?«

Ich rufe über den ganzen Flur des Präsidiums. Harald steckt seinen Kopf aus seinem Büro.

»Nein, Wolff, drin waren wir nicht. Der einsame Kollege dort oben hat nur die Nachbarn befragt.«

»Warum war keiner drin?«

»War schon wieder vermietet und der Vermieter liegt am Friedhof.«

»Ich muss da rein! Harald, erkundige dich, ob da grad jemand wohnt!«

»Durchsuchungsbeschluss?«

»Quatsch, das dauert, außerdem haben wir keinen Grund. Wenn die Wohnung leer ist, gehen wir rein.«

Jetzt haben die mich doch noch mit dem Fall in der Untersbergstraße behelligt. Der Mann hatte nach 14 Stunden aufgegeben und die Kinder waren gar nicht da. Aber die Frau ist tot. Ich soll den Bericht abzeichnen. Heute les' ich das nicht mehr. Ich muss zu Nena, sie fehlt mir heute besonders.

»Wolff«, Harald ruft herein, »die Wohnung steht leer, wir fahren hin!«

»Lass, heute nicht mehr, ich muss nach Hause, Nena wartet.«

»Ich dachte, du hast es eilig?«

»Morgen um zehn, wir treffen uns dort. Schick mir die Adresse.«

»Na dann.«

Es ist immer noch warm für die Jahreszeit und Nena sitzt auf der Dachterrasse, als ich nach Hause komme. Aus unserer Kochecke duftet es verführerisch nach Ingwer und Zitrone. Ich setze mich zu Nena an unseren Tisch. Sie deutet auf die Zeitung, die vor ihr liegt. Normalerweise kaufen wir die nicht.

»Wolff, in den Nürnberger Nachrichten ist ein Bericht über eure neue Kollegin bei der Mordkommission. Emma hat mich darauf aufmerksam gemacht und ich habe das Blatt aus Neugier gekauft. Donnerwetter, ist die hübsch. Und jung. Und sie wird Nummer sechs?«

»Nummer sechs?«

»Na, du wirst doch immer schwach bei so schönen jungen Frauen. Ich bin Nummer fünf, vergessen?«

»Sie hat mich heute geküsst.«

Nena erschrickt, sie lässt die Zeitung auf den Boden fallen und sieht mich völlig entsetzt an. Dann sieht sie zu Boden und antwortet ohne mich anzusehen.

»Ich habe das immer befürchtet, du versprichst viel, aber die Wahrheit sieht dann wohl doch ganz anders aus. Dass ich mich so täuschen konnte. Das war es dann wohl mit uns beiden. Sie ist einfach zu schön!«

In Nenas Augen sammeln sich Tränen und sie beginnen über ihre Wangen zu laufen. Sie will aufstehen aber ich halte sie an der Hand fest.

»Lass mich doch einfach!«

»Nena, ich sagte *sie* hat mich geküsst. Es war im Wagen und ich konnte nicht richtig reagieren. Sie hat eine sehr heftige Art zu küssen!«

»Dann geh doch zu ihr, wenn dir das so gefällt, diese heftige Art!«

Nena will sich losreißen, aber ich verstärke meinen Griff und stehe auch auf.

»Oh ja, das war eine schöne Erfahrung, aber ich habe ihr gesagt, dass ich mich entschieden habe und bei dir bin und bei dir bleibe.«

Ich wische Nena die Tränen mit meinem Finger aus dem Gesicht.

»Und ich wollte heute so schnell wie möglich bei dir sein!«

»Ach komm.«

»Es wird nichts zwischen mir und Anh sein, das musst du mir glauben.«

»So, Anh, ihr duzt euch also schon, Mensch Wolff, mach nicht alles kaputt zwischen uns.«

»Genau so habe ich das zu ihr gesagt, sie ist schön, sie ist verführerisch, aber ich habe dich und ich will unsere Beziehung nicht kaputtmachen. Ja, genau so habe ich es ihr gesagt.«

Ich nehme Nena fest in den Arm.

»Wolff, du meinst es ehrlich?«

»Ich meine es ehrlich. Würde ich nicht bei dir sein, dann wäre es sehr gefährlich geworden. Ich habe ihr gesagt, dass ich dich liebe.«

»Hat sie es auch verstanden?«

»Ich war deutlich genug. Wir arbeiten zusammen, aber das ist dann auch alles!«

»Ich hatte gerade große Angst, tu mir bitte nicht weh!«

»Das könnte ich niemals, dir wehtun, das wird nicht geschehen.«

»Und du küsst sie bitte auch nicht mehr!«

»Sie hat mich ...«

»Du altes Ekel, jetzt komm, zur Strafe musst du das Essen fertigkochen!«

Harald wartet schon vor dem Haus in Gräfenberg. Es wurde gestern spät bei mir, Nena und ich haben gut zu Abend gegessen, zugegeben, so perfekt war meine Kocherei dann nicht. Aber die zwei Flaschen Wein dazu und danach haben wir genossen. Und ich bin froh, dass ich Nena von der Sache mit Anh erzählt habe.

Die Eingangstüre zu dem Haus, in dem die Wohnung ist, steht offen. Es scheinen insgesamt drei Wohnungen zu sein hier im Haus. Jedenfalls nach den drei Briefkästen zu urteilen. Harald deutet auf die Treppe.

»Ganz oben die Dachwohnung!«

Oben angekommen, zückt Harald sein ›Besteck‹ für die Öffnung der Tür. Es ist ein Kinderspiel für ihn.

Leer! Das soll leer sein? Nachdem Harald das Schloss geknackt hat, müssen wir beide mit voller Kraft die Türe nach innen drücken. Dann sehen wir der brutalen Wahrheit ins Gesicht. Der Flur ist fast einen halben Meter hoch mit Müll gefüllt und ein voller Müllsack ist offenbar hinter der Tür umgefallen und hat sie blockiert. Ein Wunder, dass wir die Tür überhaupt bewegen konnten. Meist sind es die Reste von Fertigmahlzeiten und deren Verpackungen sowie Mengen von Limonadenflaschen aus Plastik.

»Das alles ist von Verena und Klaus?«

»Nein, die Wohnung war danach wieder vermietet, kennst du den Begriff Mietnomaden?«

»Oh. Ich habe davon gehört, aber so etwas noch nie gesehen. Was sollen wir hier denn nur finden?«

»War deine Idee. Du gehst voran!«

Harald grinst.

»Des wor'n der vielleicht a boor Sauhund, do drin«, ertönt eine männliche Stimme vom Treppenhaus, »solche Saubär'n, unn laut wor'n die, g'stritten hams dauernd, und g'flucht!«

»Wer sind *Sie* und wer waren *die*?«

»Ich haaß Wilhelm, Wilhelm Moosbercher, und ich hobb die Wohnung d'runter. Froh bin ich, dass die wech sinn, die Brüder!«

»Es waren Brüder?«

»Naa, des socht mer halt so, zwaa Männer worn's, so um die fuchzich.«

»Herr Moosbercher, äh Moosberger, seit wann sind die weg?«

»No, eizog'n sinn's am erscht'n Juli. Und seit Ende August hod sie kaaner mehr g'seng. Und g'stunk'n hod des dauernd vo dera Wohnung raus, egelhaft soch ich, egelhaft!«

»Das kann ich mir vorstellen!«

»Aber wer sind'n nochertla Sie, hä? Derfen sie do so einfach nei?«

Harald blickt mich fragend an.

»Wir sind vom Stromanbieter und stellen den Strom jetzt ab, weil nichts bezahlt ist.«

»Des hob ich mer scho ’denkt dass die Beud’l nix zohlt ham. Do wor’n mer die Mieder vorher scho lieber.«

»Ach, wer waren denn die?«

»A so a junger Mann zuerscht und dann iss die schöne Frau kumma. Heilig’s Blechla wor des a sauber’s Weibsbild.«

»Wie lange waren denn die drin?«

»No, der Moo iss so im April einzog’n und die Fraa im Mai, abber die wor’n dann ned lang do, sie vielleicht so zwaa Wochen. Und über Nacht wor’ns dann wech.«

»Kein Umzug, Möbel?«

»Naa, der Schorsch hod die Wohnung möbliert hergeb’n, abber wenn ich do a weng neischau, iss nimmer vill übrich.«

»Haben die was gesagt, wo sie hinziehen?«

»Naa, die ham fast nix g’red, die zwaa. Abber a mol wor so a digger Moo do, do hams a weng g’stritt’n, mit dem.«

»Haben sie was gehört?«

»No ja, mer horcht ja ned, abber, psst, do is dauernd um irgend a Babier ganga, er braucht des Babier, des is wichtig, er braucht unbedingt des Babier.«

»Wer?«

»Der Digge.«

»Wie hat der ausgesehen?«

Ich hobb'n bloß vo hint'n g'se'ng, wie er do gling'ld hod, so an Ohnzuch hod er ang'habd, mit so Streif'n.«

»Nadelstreifen?«

»Genau, so haast des, und a weng verschwiddst wor er. Hint'n im Nagg'n hod mer's g'se'ng.«

»Wissen sie noch genau, wann das war?«

»Oh naa, abber des muss glei' g'wes'n sei, wie die Schönheit auf'daucht iss. Irgendwie is ah um Geld ganga, also sie hod Geld g'wollt.«

»So, dann werden wir mal den Strom abdrehen.«

Wir gehen rein und lassen den Wilhelm stehen.

»Wolff, warum sind wir vom Stromanbieter?«

»Weil der geplaudert hat wie ein Wasserfall und solche Leute oft still werden, wenn die Kripo vor ihnen steht.«

»Also dann schau' mer mal. Aber wir werden da wohl kaum was finden.«

So gut es geht, räumen wir den Unrat zur Seite. Wir haben uns Nitrilhandschuhe übergestreift, die wir immer dabeihaben. Wie Menschen in so einem Dreck hausen können, werde ich nie verstehen. Einfach ekelhaft ist das.

»Harald, du weißt, man findet immer was. Meinst du, der Dicke war der Niedenbrock?«

»Könnte sein, nein, bestimmt war der das. Dann hat er aber von der Flucht erfahren oder sogar mitgemischt. Aber er hat ja Schweigepflicht, der alte Drecksack!«

In der Küche stehen noch eingebrannte Töpfe auf dem Herd, massenweise leere Bierflaschen liegen herum und etliche leere Flaschen eines bekannten Kräuterlikörs. Langsam komme ich zu der Erkenntnis, dass unsere Aktion hier ein Reinfall wird.

»Wolff, wir müssen uns auf Dinge konzentrieren, die nicht in das Bild, also in das Chaos passen, die sich irgendwie davon abheben.«

»Gute Idee, ich geh' mal ins Bad.«

Ich öffne eine Tür, hinter der ich das Badezimmer vermute. Ein scharfer Geruch schlägt mir entgegen, grauenhaft, ekelerregend, gut, dass ich eine Maske dabeihabe. In der Toilette liegen noch angeschimmelte Exkremente, der Deckel ist offen. Ich erlaube mir einen Druck auf die Spültaste und reiße das Fenster auf. Überall strotzt es vor Dreck.

»Harald, komm bloß nicht rein, es ist furchtbar. Ich sehe mich alleine um!«

Auch hier drinnen liegt haufenweise Unrat auf dem Boden. Zerschlissene Männermagazine mit deutlichen Flecken darauf liegen herum. Wie kann man nur alles so versauen! Ich will hoffnungslos aufgeben und stoße eine Whiskyflasche kräftig zur Seite, die an der Wand zerbirst. Mist, aber darauf kommt es hier wohl nicht mehr an. Aber was liegt da neben den Scherben? Eine pinkfarbene Kosmetiktasche mit roten Flamingomotiven darauf. Die passt hier gar nicht rein. Ich hebe sie auf und öffne sie. Es sind mehrere Tampons darin. Treffer. Ein Makeup und eine Puderdose, und ein Zettel. Ich falte das Papier auseinander und sehe eine Zahlenkombination. 667635000065438044 15. Von den Mietnomaden scheint die Tasche nicht zu sein, also sehr wahrscheinlich nicht.

»Harald, sieh mal hier, eine Frauentasche, die passt hier nicht rein in dieses Männerchaos!«

»Stinkt's noch?«

»Ich komm' raus.«

Harald sieht sich den Zettel an.

»Das ist eine Kontonummer, also eine ›IBAN‹ von der Sparkasse. Nur das ›DE‹ fehlt vorne.«

»Du weißt Sachen!«

»Sparkasse Erlangen, genauer gesagt. Ich gebe zu, Wolff, man findet immer was! Die Tasche ist von Verena Westheim, ganz bestimmt!«

»Gib sie zur KTU, die sollen das untersuchen. Und frag bei der Sparkasse nach, wem das Konto gehört.«

Klaus Niedenbrock wurde tatsächlich mit einer Schusswaffe getötet, weitere oder andere Todesursachen schließt Frau Wittmann aus. Er wurde vermutlich mit einem Pkw bis an die Sandgrube gefahren, ausgeladen und dann in den Sand geschleift. Wegen der Tiefe der Reifenabdrücke und der Art des Profils muss es ein Kombi gewesen sein, möglicherweise ein älteres Modell, weil neben den Reifenspuren kleine Ölflecken im Sand gefunden wurden. Cai Wittmann schließt aus, dass Niedenbrock da noch gelebt hat.

Auf den Todeszeitpunkt kann sie sich nicht verlässlich festlegen, weil die Leiche lag zu lange mit Sand bedeckt und Feuchtigkeit ausgesetzt war. Der Klausi trug eine zerschlissene Jogginghose und ein altes T-Shirt, als ihn die Kugel traf. Keine Unterwäsche, keine Socken. Da man normalerweise, also wie die überwiegende Mehrzahl der Männer, so nicht in der Gegend herumläuft, muss die Tat in einer Wohnung oder einem Haus verübt worden sein. Selbstmord schließt die Rechtsmedizinerin aus. Weil der Tote ja noch transportiert wurde.

»Oh nein. Eine Leiche im Haus bringt Ärger, das sagte schon mein Vater, ›Man begräbt den Leib, aber man redet nicht darüber‹, das ist eine vietnamesische Weisheit, und den Ärger möchten manche Mitmenschen vermeiden, weil die Polizei im Haus nicht ratsam ist, wenn man etwas zu verbergen hat,« meint Anh, »und da fährt man den wie Sperrmüll in den Wald, ganz einfach.«

»Mh, also theoretisch haben Sie da recht. Aber es gibt keinen Anhaltspunkt für eine Selbsttötung, insbesondere keine Schmauchspuren. Und bei dem Eintrittswinkel der Projektile ...«

»... der Projektile?«

»Habe ich das noch nicht erwähnt? Es sind zwei Kugeln eingedrungen, eine zwischen C7 und T1 relativ gerade und dann die zweite oberhalb C1 in einem flachen Winkel von unten und beide Schüsse waren nicht aufgesetzt, wie es bei Selbstmord üblich ist.

Nach dem Eindringen der ersten Kugel hätte Niedenbrock keinen zweiten Schuss mehr abgeben können, weil die Nerven zu den Armen dadurch bereits unterbrochen waren. Ich meine sogar, dass der zweite Schuss abgegeben wurde, als das Opfer bereits am Boden lag.«

»T ... und ... C ...?«

»Ach so, erster Treffer zwischen dem letzten, dem siebten Halswirbel und dem ersten Brustwirbel. Zweiter Treffer oberhalb des Atlas, also dem ersten Halswirbel, das ist der hier ...«

Cai dreht sich um und demonstriert mit den Fingern die Stelle und den Eintrittswinkel.

»Der zweite Schuss war der tödliche.«

»Ah ja. Und welche Waffe vermuten Sie?«

»Da lege ich mich fest, obwohl ich die Kugeln trotzdem an eure KTU geschickt habe. Es muss eine Pistole Makarow 9 mm gewesen sein. Nur die verwendet Kugeln 9 x 18 mm. Das war die Dienstwaffe der Nationalen Volksarmee der DDR bis 1990!«

»Sie kennen sich da aber aus.«

»Ich bin 1990 geboren. Im Osten. Nicht, dass ich da was mitgekriegt habe von der sogenannten Wende, aber es hat mich dann doch interessiert, was das Internet so weiß über so eine spezielle Kugel.«

»Das bedeutet, dass der Täter ...«

»Im Osten ...? Nein, nicht unbedingt. Die Dinger werden wahrscheinlich seit der Wende massenweise schwarz gehandelt. Aber ein Hinweis könnte das sein.

Vielleicht hat sie einer für sich aufgehoben seit damals.«

Im Präsidium.

»Anh, wer wollte jetzt eigentlich den Dr. Niedenbrock durchleuchten, also einen Bericht über den Typen verfassen? Ich bin immer noch der Meinung, dass dieses Schwein was mit dem Verschwinden der Westheim zu schaffen hat.«

»Bettina? Wolff, du hast doch die Aufgaben verteilt?«

»Wir duzen uns weiter?«

»Ich war mit meiner Zunge in deinem Mund, vergessen? Danach lasse ich das ›Sie‹ für gewöhnlich. Ich war gut, oder? Muss mal mit Hannah sprechen, was die so für Erfahrungen mit dir hat. Stehst du auf ganz was Spezielles?«

»Anh! Macht mich hier nur alle verrückt, wie soll ich so einen blöden Fall lösen, wenn ihr alle spinnt?«

»Du musst dich nur näher mit uns beschäftigen, dann begreifst du, dass wir nicht spinnen.«

»Die Wittmann meint also, dass der Klausi mit einer DDR-Waffe getötet wurde. Interessant.«

Bettina kommt herein.

»Wolff, du wolltest doch ...«

»Ach so, ihr seid also auch beim ›du‹ und bei mir machst du Zicken, Chef?«

»Der Chef wollte, dass ich den Anwalt näher unter die Lupe nehme. Hier ist mein Bericht.«

»Nur eine kurze Frage, bevor ich mir die ganze Akte reinziehe, wo ist der geboren?«

»In Dresden, 1957.«

»Und er war in der NVA, stimmt's?«

»Warte ... hier ... ja ... von 1966 bis 1968, er absolvierte nach der Schule nur den Pflichtwehrdienst. Danach begann er ein Jurastudium in Ostberlin. Er musste dazu nicht nur in der Partei sein, sondern sich auch als besonders staatsfördernd beweisen. Offenbar war er ein fanatischer Anhänger des politischen Systems, weil er nach dem erfolgreichen Studium als freier Anwalt zugelassen wurde und diese Ehre nur etwa zwanzig Rechtsanwälten in der DDR zu Teil wurde. Er arbeitete vorwiegend als Pflichtverteidiger, wobei denen damals im Osten nicht die Bedeutung zukam, wie wir sie hier kennen. Die Macht einer Verurteilung sollte stets beim Staat sein. Es gibt Hinweise, dass er auch bei internationalen Vertragsangelegenheiten mitwirkte, aber da habe ich keine gesicherten Beweise.«

»Stasi?«

»Im Archiv ist nichts, oder nichts mehr. Aber da kann man davon ausgehen, alle in solchen Positionen mussten berichten.«

»Mandanten verraten?«

»Es ist Geschichte, Wolff, lassen wir es sein, wie es war.«

»Und weiter?«

»Schnell nach der Wende war er im Westen. Erst eröffnete er eine Kanzlei in Coburg, aber das war ihm dann doch zu provinziell. Er kam nach Nürnberg und dann nach Erlangen, nachdem er einige Strafsachen für seine Mandanten gut zu Ende gebracht hatte.«

»Hältst du es für möglich, dass er eine NVA-Waffe hat?«

»Jedenfalls hat er einen gültigen Waffenschein. Strafverteidiger bekommen so was recht leicht, weil sie grundsätzlich Anfeindungen von unzufriedenen Mandanten ausgesetzt sind. Also wenn du mich fragst, ich halte es für möglich, dass er in dem ganzen Wiedervereinigungswirrwarr eine Waffe hierherbringen konnte.«

»Waffenscheinbesitzer müssen doch ihre Waffen registrieren lassen, oder?«

»Ja. Er hat nur eine Glock 19Gen4 registriert, Kaliber 9 x 19 mm Luger.«

»Immerhin, er kann damit umgehen.«

»Na hoffen wir das mal.«

»Der spielt ein verdammt falsches Spiel, aber ich komm' noch dahinter.«

Harald kommt zu uns. Die Kosmetiktasche gehört Verena Westheim, die KTU ist sich sicher. Und die Kontonummer gehört zu einem Sparkassenkunden namens Klemens Lochner, er wohnt in Gräfenberg, was für ein Zufall. Nach Bankauskunft ist aber keine auffällige Geldbewegung festzustellen.«

»Los, Harald, Anh, ihr fahrt sofort zu dem hin, wir müssen wissen, was der mit der Westheim zu schaffen hat. Wenn er Zicken macht, nehmt ihr ihn mit, dann muss er hier aussagen.«

Im Büro von Ruschka. Der Chef hat mehrere Briefe vor sich liegen.

»Frau Merkel, oder erlauben Sie mir, Ilse zu sagen? Sagen Sie Herrmann zu mir!«

»Klar Chef, ich meine Herrmann, so lange wie wir schon zusammenarbeiten.«

»Da Sie damals Interpol eingeschaltet haben, musste ich dort die Akte etwas bearbeiten lassen.«

»Wie, bearbeiten lassen?«

»Nun, das, was wir vorhaben, geht die Herrschaften in Lyon nichts an. Ein alter Schulfreund hat dort Karriere gemacht und er hat die Sache für uns erledigt. Also, die Spanier wissen noch nichts von der Pfeiluntersuchung?«

»War das falsch, dass wir Interpol um Hilfe gebeten haben?«

»Nein und ja. Aber wir wussten damals ja nicht, was wir jetzt wissen.«

»Die Spanier wissen noch nichts, Verona und Brüssel auch nicht, ich hatte da nur mal Telefonate mit denen und habe erwähnt, dass ich eine heiße Spur habe. Alles Weitere würden sie dann von Interpol bekommen.«

»Sehr gut, die Akte bei Interpol hat mein Freund unter Verschluss, den Zugang zur digitalisierten Fassung hat er mit einem Passwort geschützt. Ilse, wir müssen verhindern, dass die in Barcelona, Verona und Brüssel davon erfahren, dass wir ihren Killer, pardon, ihre Frédérique haben. Offiziell bekommen wir nur eine übliche und unspektakuläre Überstellung aus Spanien. Bevor wir das hier dann öffentlich machen, müssen die jeweiligen Auftraggeber verhaftet werden. Immunität spielt keine Rolle, die haben keine Mandate mehr, das habe ich überprüft. Aber die haben sicher noch genügend Einfluss, um dieser Pfeilmörderin zu schaden, bevor sie plaudert. Also ich stelle mir das so vor ...«

Klemens Lochner sitzt im Vernehmungsraum. Es ist der 2. Oktober. Er hatte gezickt und wollte keine Angaben machen. Cem hat ihn durch den Rechner gejagt, als Harald und Anh unterwegs waren. Er ist kein unbeschriebenes Blatt. Der Vierzigjährige fiel in den letzten 15 Jahren immer wieder durch kleinere Delikte auf. Diebstahl, Diebstahl mit Waffen, Körperverletzung, Urkundenfälschung, Betrug und Unterschlagung. Letzteres hat ihm dann endlich eine Bewährungsstrafe von 14 Monaten eingebracht. Wir wissen ja, Richter sind sehr geduldig, und dann wundert man sich, welches kriminelle Potential sich in den Straßen anhäuft. Aber dann, Lochner war zuletzt bei der Rettungsgesellschaft beschäftigt, deren Rettungswagen bei der Flucht von Verena Westheim verwendet wurde.

»So schnell kann Cem ermitteln?«

»Nein, der kann sich nur ziemlich viel merken und muss nicht ständig in irgendwelchen Akten nachsehen.«

»Okay, Harald, dann übernehme ich die Vernehmung. Mit Cem, wenn der so viel weiß.«

»Geht in Ordnung, Wolff. Viel Vergnügen mit dem Typen, der ist ein gerissener Lügner!«

»Ich bin der ›Fuchs‹, vergessen?«

»Angeber!«

»So, Herr Lochner, Sie wissen, warum Sie hier sind?«

»Weil Sie einen Fehler gemacht haben. Gegen mich liegt nichts vor und ich muss hier keine Angaben machen.«

»Das ist nur in einem Punkt richtig. Sie müssen keine Angaben machen. Aber ich muss Sie nicht gehen lassen. Auch wenn Sie schweigen.«

»Ich rufe meinen Anwalt an , dann bin ich in zehn Minuten draußen.«

»Gerne, wir haben Sie dahingehend belehrt, hier ist das Telefon!«

»Danke.«

Lochner wählt die Nummer.

»Ja, hallo? Dr. Niedenbrock, Lochner hier, ich sitze bei der Kripo in Nürnberg und werde festgehalten. Sie kommen gleich? Ja, bitte schnell.«

Cem sieht mich mit großen Augen an, aber ich schmunzele nur.

»Cem, komm mal mit raus!«

»Pass auf, du musst den Staatsanwalt Gastner oder seine Vertretung so schnell wie möglich hierherholen. Sag, es geht um die Westheim, dringend.«

»Um die Westheim?«

»Ja, mach!«

Wir lassen den Klemens Lochner erst einmal alleine im Vernehmungsraum sitzen. Der soll mal etwas schmoren. So, so, der Niedenbrock ist sein Anwalt, na der wird sich wundern.

Eine Stunde später. Ich bin froh, dass wir Gastner erreichen konnten. Er kommt in mein Büro. Ich informiere ihn kurz über den Sachstand.

»Das ist interessant, Herr Schmitt, sehr interessant. Worauf möchten Sie hinaus?«

»Gut. Niedenbrock verwaltet das Vermögen von Verena Westheim.«

»Ach ja? Der alte Saubock hat doch immer die Finger mit drin, wenn es um Geld geht.«

»Wir fahnden nach der Westheim, das ist Ihnen bekannt, wir suchen den Mörder von Gregory Goodwin, wir suchen den oder die Mörderin von Birgit Stemmermeier und seit kurzem suchen wir den oder die Mörderin von Klaus Niedenbrock!«

»Bitte was? Der Sohn vom Niedenbrock ist tot?«

»Das ist wohl noch nicht zum Oberstaatsanwalt Gastner durchgedrungen.«

»Nein, Sie wissen doch, dass ich überwiegend Wirtschaftsstrafsachen bearbeite.«

»Genickschuss und dann hat man ihn im Wald bei Bubenreuth im Sand vergraben. Wir vermuten, dass er an der Befreiung von Verena Westheim beteiligt war, genauso wie unser Verdächtiger da drin im Vernehmungsraum. Ich schildere noch einige Ermittlungsergebnisse und Vermutungen. Dann erläutere ich, worauf ich hinauswill.«

»Sehr raffiniert, Schmitt. Dann lassen wir den lieben Anwalt mal kommen.«

Der ist auch sehr schnell zur Stelle und wir bitten ihn zunächst in mein Büro.

»Ich möchte sofort zu meinem Mandanten«, brüllt der verschwitzte Kerl.

»Nun, Herr Dr. Niedenbrock, ich bezweifle, dass das ihr Mandant sein wird.«

»Wieso? So ein Quatsch. Ich möchte sofort zu ihm!«

»Nun mal langsam. Sie sind noch immer der Verteidiger von Verena Westheim?«

»Ja, warum?«

»Das Mandat ist noch nicht beendet?«

»Nein, nicht, dass ich wüsste!«

»Dann passen Sie mal auf, Herr Doktor. Wir beschuldigen diesen Herrn Lochner da drin nicht nur der Gefangenenbefreiung zugunsten von Verena Westheim, wir haben ihn auch im Verdacht, ihren Sohn zusammen mit Verena Westheim getötet zu haben!«

»Völlig absurd! Und lassen Sie meinen Sohn aus dem Spiel.«

»Übrigens, wann haben Sie den zuletzt gesehen?«

»Dazu muss ich nichts sagen.«

»Hier wären Sie nur Zeuge und unser lieber Oberstaatsanwalt Gastner könnte Sie zu einer Aussage vorladen.«

»Blödsinn!«

»Was uns allerdings stutzig gemacht, ist das Kaliber, mit dem Ihr Sohn getötet wurde. 9 x 18 mm. Das wurde nur in einer Makarow verwendet, sonst passt es in keine Waffe.«

Niedenbrock zuckt kurz mit den Augenbrauen, dann wirft er mir einen scharfen Blick zu. Ich sehe glühende Anfeindung in seinen Augen, will aber jetzt nicht weiter darauf eingehen.

»Aber gut, ich kann Ihnen sagen, wo Sie ihn zuletzt gesehen haben. Bei unserem Dr. Rosser in der Rechtsmedizin. Aber lassen wir das.«

Gastner ergreift das Wort.

»Herr Dr. Niedenbrock, worauf Herr Schmitt hinauswill, ist der 146er, also das Verbot der Doppelverteidigung. Sie können den Beschuldigten da drinnen gerne verteidigen, wenn Sie jetzt und hier die Verteidigung von Verena Westheim niederlegen.«

»Gerne!«

»Dann ist es aber vorbei mit Akteneinsichten und Schweigepflicht. Wenn Sie den Aufenthalt von Verena Westheim kennen, müssten Sie uns den offenbaren, weil Sie nicht mehr deren Verteidiger sind.«

»Kindermärchen, die Schweigepflicht dauert fort und ich vertrete sie auch zivilrechtlich, da kann ich machen, was ich will, und muss Ihnen gar nichts offenbaren!«

»Die Verschwiegenheitsverpflichtung gilt nicht für Tatsachen, die nach Beendigung des Mandates bekannt werden!«

Niedenbrock grinst Gastner hämisch an.

»Wie gesagt, das Zivilrechtsmandat berechtigt mich für viele Dinge.«

»Womit Sie mich auf den 356er aufmerksam machen. Vertreten sie Verena zivilrechtlich und den da drinnen strafrechtlich und sind beide derselben Tat beschuldigt, setzen Sie sich ganz offensichtlich dem Vorwurf des Parteiverrates aus, weil Sie Erkenntnisse von dem einen bei dem oder der anderen ausnutzen könnten. Auf Antrag würde Ihnen die Vertretung entzogen. Sie können jetzt also gerne da hineingehen. Ich werde dann sofort einen Antrag auf ein Verteidigungsverbot stellen, und zwar für beide Beschuldigte, die Westheim und den Lochner.«

Niedenbrock sagt nichts und senkt den Blick. Dann antwortet er doch.

»Wenn ich mir das recht überlege, dieser Mann da drin kann mich sowieso nicht bezahlen, ich bin teuer und gut. Dann soll der sich einen anderen suchen.«

»Niedenbrock greift seine Aktentasche und ist sehr schnell draußen zur Tür.«

»Gastner, Sie sind genial. Möchten Sie mit zur Vernehmung?«

»Schmitt, so gut, wie Sie sind, brauchen Sie mich dazu nicht! Unter uns, Sie vermuten etwas bei unserem Gast von eben?«

»Schon. Da stimmt was nicht mit dem. Hoffentlich mache ich nicht wieder einen meiner Logikfehler, aber für mich läuft die Westheim draußen herum und tötet Menschen, die ihr im Wege sind. Aus Rache, mit

Berechnung, was weiß ich. Und der schöne Niedenbrock deckt sie, weil er fürstlich von ihr bezahlt wird.«

»Bezahlt?«

»Er bekommt für die Vermögensverwaltung 200.000 im Jahr!«

»Hoppala. Und Sie meinen, das ist ihm nicht genug?«

»Manchen Menschen ist nichts genug.«

»Ach übrigens, Ihr Chef hat mich gestern angerufen, wegen einer Überstellung aus Spanien. Ich soll das nicht an die berühmte große Glocke hängen und nachschauen, wer da bei uns zuständig ist.«

»Oh ja, wie machen wir das ... warten Sie ... ich melde mich morgen bei Ihnen, wir können den da drinnen nicht länger warten lassen.«

»Wo ist mein Verteidiger? Wo ist Dr. Niedenbrock?«

»Der zog es vor, wieder zu gehen. Er wird Sie nicht vertreten!«

»Dann rufe ich einen anderen an, geben Sie her!«

Er will sich mein Telefon greifen.

»Wir sagten, Sie haben einen Anruf. Einen. Und der war erfolgreich, nur wollte ihr Gesprächspartner nicht mehr. Er hat auf sein Anwesenheitsrecht verzichtet. Das war's dann. Cem?«

»Ja, Herr Lochner, wir legen Ihnen zur Last, an einer Gefangenenbefreiung beteiligt gewesen zu sein, das war am 5. Mai diesen Jahres. Wir legen Ihnen auch zur Last, Klaus Niedenbrock, ihren Komplizen bei dieser Flucht, Ende August durch einen Schuss getötet zu haben. Möchten Sie sich jetzt äußern?«

Lochner sieht uns entsetzt an. Er öffnet seinen Mund, aber es kommt kein Ton heraus. Dann steht er auf, geht zur Wand hinter sich und schlägt mit der Faust mehrmals dagegen. Gut, dass die gepolstert ist.

»Herr Lochner, wir können Sie hier auch festmachen, wenn Sie gewalttätig werden!«

»Nein, nicht nötig, ich war nur kurz überrascht, was Sie mir hier für einen Blödsinn vorwerfen.«

Er setzt sich wieder.

»Ich mache keine Angaben zu diesem Schwachsinn.«

»Herr Lochner, wir haben hier ein kleines Papier, auf dem Ihre Kontonummer bei der Sparkasse Erlangen steht.«

»Toll, Wahnsinn, und?«

»Wir haben dieses Papier, auf dem wir auch ihre Fingerabdrücke gesichert haben, in der Kosmetiktasche von Verena Westheim gefunden.«

»Kenne ich nicht, wer soll das sein?«

»Die Dame, die Sie zusammen mit Klaus Niedenbrock am 5. Mai vor dem Klinikum Nürnberg abgeholt haben, getarnt als Rettungssanitäter, mit einem Fahrzeug Ihres Arbeitgebers.«

»Blanker Unsinn. Dazu sage ich nichts.«

»Wie kommt ein von Ihnen benutzter Zettel mit Ihrer Kontonummer in die Tasche der Flüchtigen?«

»Kein Kommentar!«

»Wolff, würdest du bitte drüben anrufen und einen Haftbefehl beantragen?«

»Moment, Moment, Moment, was ist das? Einen Haftbefehl? Wofür?«

»Cem, mach weiter, ich rufe an!«

»Tja, Herr Lochner, wir haben uns auch mal Ihren Wagen angesehen, der da in Gräfenberg vor Ihrem Haus stand. Der wird gerade untersucht. Das Reifenprofil passt wohl zu dem, das wir im Wald sichergestellt haben, an der Stelle, an der man den Klaus Niedenbrock tot aufgefunden hat.«

Lochners Augen sind weit offen.

»Und der Wagentyp würde sehr gut dazu passen.«

Wolff kommt wieder herein.

»Und?«

»Staatsanwalt Gastner macht das gleich!«

»Stopp, stopp. Das ist doch wohl nicht Ihr Ernst?«

»Das machen wir hier fast jeden Tag mit vollem Ernst!«

»Kann ich ein Wasser haben?«

Ich gehe hinaus und hole Wasser. Ich stelle es vor Lochner auf den Tisch.

»Der Haftbefehl müsste jeden Moment durch das Fax kommen.«

»Jetzt mal langsam!«

»Ja?«

»Ich möchte etwas sagen.«

»Nur zu. Wir zeichnen das auf?«

»Meinetwegen.«

Ich starte die Aufnahme.

»Vernehmungsraum Nummer zwei, Polizeipräsidium Nürnberg, anwesend sind Erster Kriminalhauptkommissar Wolff Schmitt, Hauptkommissar Cem Arslan sowie der Beschuldigte Klemens Lochner, geboren am?«

»16. September 1980.«

»Nach Belehrung aussagebereit, auf die Anwesenheit eines Rechtsbeistandes verzichtend?«

»Ja.«

»Dann mal los!«

»Das war so. Ich habe Klaus Niedenbrock bei meiner Arbeit kennengelernt. Pharmavertreter rücken da auch oft an. Ja, wir haben uns verstanden und er hatte auch oft ein paar Gramm Koks dabei. Aufpassen, nur zum Eigenbedarf! Wir gingen manchmal in 'ne Kneipe und gelegentlich hinter die Mauer.«

»Hinter die Mauer?«

»Mensch Bulle, Frauentormauer!«

»Ach so, den Bullen habe ich jetzt aber überhört!«

»Tschuldigung. Der Klaus hat das immer spendiert. Mit Corona war das dann aber nichts mehr. Dann habe ich länger nichts mehr von ihm gehört. Bis zum 2. Mai. Er rief an und sagte, er müsse eine Freundin abholen, das sei alles schwierig, aber wir müssten da mit einem Krankenwagen auftauchen. Ich verstand gar nichts. Es sei seine große Liebe, meinte er, und die müsse vom Südklinikum abgeholt werden, dringend am 5. Mai, gleich in der Früh. Ob die nicht mit dem Taxi ..., meinte ich. Nein, die hätte 'ne OP gehabt und wolle sich danach bei ihm pflegen. Den Krankenwagen müsse sie sonst selber bezahlen, sie müsse liegen beim Transport. Ich hätte doch da die Connections. Ich bekäme auch gut Geld dafür, sein Vater sei Anwalt und der würde das bezahlen. 5000 Euro für mich. Dann könne sie doch gleich einen Wagen bezahlen, meinte ich. Nein, nein, sagte er, es sei alles schwierig, die werde gestalkt und wir müssten das sehr vertraulich durchziehen. Gut 5000 Eier sind für mich viel Geld und ich habe nicht weiter gefragt. Für den Tag war ein Wagen frei wegen der Werkstatt. Ich musste die Dinger sowieso immer warten, einsatzbereit halten und auch immer in die Werkstatt bringen, wenn das notwendig war.«

»Komisch ist Ihnen das nicht vorgekommen?«

»Damals nicht. Also, wir sind dann da hin, ich blieb im Wagen und der Klaus ging in die Klinik. Die Frau wurde herausgefahren und er musste noch einige Papiere unterzeichnen.«

»Warum waren sie beide in Sanitätermontur?«

»Er wollte das so, zwei Monturen liegen sowieso immer im Wagen, mir war es egal, hat Spaß gemacht. Wobei ... jetzt fällt es mir wieder ein, da stand ein Polizist unter der Tür, als wir die abholten. Damals hab' ich mir nichts dabei gedacht. Ich war hinten im Wagen mit der Patientin und irgendwann beschleunigte der Klaus, als ob er verfolgt würde und flüchten wollte. Richtig mitgekriegt habe ich das nicht. Ich war von dieser schönen Frau fasziniert.«

»Wo brachten sie die Westheim hin?«

»Na, nach Gräfenberg. Da habe ich dem Klaus auch die Wohnung verschafft.«

»Schon im April?«

»Ja. Der Klaus wollte aus München weg, es gab da Ärger in der Firma und er hätte seinen Vater hier in Erlangen. Mir war es egal, wo der Klaus hinzieht, ich habe auch nicht weiter nachgefragt.«

»Haben Sie Ihr Geld bekommen?«

»Nein. Ich habe den Klaus ständig angerufen und er hat mich immer vertröstet. Dann habe ich seinen Vater angerufen, der wusste angeblich von nichts. Da habe ich auch seine Nummer her. Ich bin zur Wohnung in Gräfenberg, da war niemand mehr. Dann Ende August war völlige Funkstille.«

»Sie wissen jetzt, dass der Klaus seine Freundin, die wegen Mordes im Gefängnis saß, mit ihrer Hilfe befreit hat?«

»Nicht erst jetzt. Ich habe es in der Zeitung gelesen. Ich wäre ja dämlich gewesen, da irgendwas zu melden. Außerdem 5000 Euro? Ist ein Haufen Geld für mich.«

»Besitzen Sie eine Schusswaffe?«

»Nein, ich hatte noch nie eine. Der Klaus ist wirklich tot?«

»Ja, von zwei Kugeln getroffen. Sie wussten das nicht?«

»Nein, wirklich nicht!«

»Cem, kommst du mal mit raus?«

»Der wusste nicht, dass der Klausi Verena befreien wollte? Das kann doch nicht sein!«

»Schau ihn dir an. Der Hellste ist er nicht.«

»Der lügt uns doch an, wenn er nur den Mund aufmacht!«

»Beweise es ihm. Mit der Geschichte und ohne weitere Beweise scheitern wir vor Gericht kläglich.«

»Kann sein. Was mich allerdings etwas stutzig macht, wie konnten die die Flucht in nur drei Tagen vorbereiten und durchführen?«

»Quatsch, das glaube ich nicht, und schon gar nicht ohne den alten Niedenbrock. Der wird doch von so einer bevorstehenden OP als Verteidiger informiert. Und als Bevollmächtigter sowieso. Die hat den bestimmt auch angerufen.«

»Stimmt, das wäre von der Planung her eng geworden. Da kommt mir eine Idee. Ich fahre morgen ins Klinikum.«

»Was machen wir mit dem Lochner? Also, für den Mord haben wir wenig, er hat sein Geld nicht bekommen und schießt? Das mit den Reifenspuren war nichts, das Ergebnis kam grad rein. Hat aber mächtig Eindruck gemacht. Oder?«

»Professionell, Cem, das muss ich dir lassen! Wir lassen den gehen, oder? Was meinst du?«

»Wird uns nichts anderes übrigbleiben. Fahrlässige Gefangenenbefreiung gibt es nicht. Aber wir kriegen den noch wegen irgendwas dran, da bin ich mir sicher!«

Ich fahre zum Südklinikum. Ein Dr. Schuster hatte die Westheim untersucht und operiert. Ich klopfe an seine Zimmertüre, nachdem ich den ganzen bürokratischen Kram wegen der Pandemie über mich ergehen ließ. Nicht mal mein Dienstausweis hat mich davor bewahrt.

»Herr Schmitt, wir haben unseren Bericht doch schon an die JVA geschickt, melden die das nicht bei Ihnen?«

»Wir haben nichts, die sind aber oft etwas speziell, was Informationen betrifft, Datenschutz und so. Was steht drin?«

»Nun, im Prinzip war alles Standard, die Patientin hatte leichtes Fieber, Schmerzen im rechten Unterbauch und sie klagte über Übelkeit. Deswegen kam sie auf die Krankenstation der JVA. Dort wurde eine Blutentnahme veranlasst. Der Entzündungswert war entsprechend hoch und auch sonst wichen viele der Blutwerte von der Norm ab. Die Kollegin dort veranlasste deshalb die Einlieferung bei uns. Ich habe die Frau untersucht. Fieber konnte ich nicht feststellen, aber das Blutbild und die übrigen Symptome sprachen für eine akute Blinddarmentzündung. Der von uns erneut überprüfte Entzündungswert war gestiegen. Also veranlasste ich die Operation.«

»War Ihnen bekannt, dass die Westheim schon immer ein seltsames Blutbild hatte?«

»Nein, woher auch.«

Ich erzähle ihm die Geschichte mit ihrer Immunität gegen Atropin und dass Dr. Rosser schon damals bemerkt hatte, dass das Blutbild seltsam war.

»So etwas habe ich noch nie gehört! Und in einer Fachzeitschrift habe ich nichts darüber gelesen. Hat der Rechtsmediziner was veröffentlicht?«

»Da fragen Sie mich zu viel. Aber Blinddarm ist wohl Blinddarm, oder?«

»Hier nicht. Ich habe schon viele Wurmfortsätze entfernt und alle sahen eher ramponiert aus, aber der hier war ganz bestimmt nicht entzündet, also jedenfalls nicht erkennbar. Ich habe eine Kollegin hinzugezogen, die nach Sichtprüfung ebenfalls keine Entzündung feststellen konnte. Wir haben uns dennoch für die Entfernung entschieden, da die Werte einfach dafürsprachen. Es hätte ja keinen Sinn gemacht, wieder zu zunähen und dann geht das Theater doch weiter. Ich habe dann schon gehört, was draußen bei der Abholung passiert ist. Saudumm, oder?«

»Mehr als das. Der Kollege musste sich einiges anhören im Präsidium.«

»Das Personal hier auch, die hätten sich eine Legitimation zeigen lassen müssen.«

»Wir sind alle nicht perfekt.«

»Haben Sie sie wieder?«

»Nein. Wir hatten eine Spur nach Gräfenberg, aber seit Ende Mai ist sie verschwunden.«

»Sie werden sie finden?«

»Das müssen wir. Wir haben drei Leichen.«

»Das wusste ich nicht. Soll die das gewesen sein?«

»Das ist nicht auszuschließen. Und irgendwie mischt da auch ihr Anwalt mit, das sagt mir mein Bauchgefühl.«

»Ach, der war übrigens hier und hat sie besucht!«

»Davon wurden wir nicht unterrichtet!«

»Ihr Kollege vor dem Patientenzimmer hat ihn durchgelassen. Nach etwa einer Viertelstunde kam er schnaufend heraus und hat irgendwas wegen einer Vollmacht gemurmelt. Ich hatte gerade auf der Station zu tun und so habe ich das mitbekommen.«

»Das ist mir neu!«

»Herr Schmitt, ich plaudere hier so aus dem Nähkästchen und vergesse meine Schweigepflicht. Nur bin ich der Meinung, dass Schweigepflichten und Datenschutz und wer weiß, was noch alles, nicht über das Recht auf körperliche Unversehrtheit gestellt werden dürfen. Und im Rang unter diesem Recht müssen auch die Religionsfreiheit und das Demonstrationsrecht rangieren. Wir hier bekommen nach jeder dieser unsäglichen Demonstrationen, wie sie im Moment durchgesetzt werden, zu spüren, wie die Zahl der infizierten Patienten steigt. Das darf so nicht sein.«

»Im Grund gebe ich Ihnen recht. Uns sind auch oft die Hände gebunden, obwohl von einer Person große Gefahr ausgeht. Nur über eines müssen wir uns klar sein, diese strengen Regeln waren hauptsächlich deswegen notwendig, um den sogenannten ›Mächtigen‹, denen wir huldigen, statt sie in die Schranken zu weisen, die Hände zu binden. Diese strengen Reglementierungen sollen uns mehr vor den Regierenden schützen, die sich meist um keine Gesetze scheren, sondern meinen, darüber zu stehen, als vor unseren Mitmenschen. Was sagte noch ein bekannter Politiker vor seiner möglichen Wahl zu einem Spitzenamt, ›bedauerlicherweise entscheidet nicht alleine die Partei darüber, sondern es entscheiden die Wähler darüber‹. Das alleine verrät die demokratiefeindliche Einstellung vieler in der Politik ganz offensichtlich.«

»Ich würde Sie aber dennoch bitten, unser Gespräch vertraulich zu behandeln. Die Informationen stehen ja auch im Bericht an die JVA.«

»Ich war gar nicht hier. Nur noch eine Frage, können sie eine Blinddarmentzündung bei der Patientin völlig ausschließen?«

»Nein. Deswegen haben wir den auch entfernt. Aber wie gesagt, das Ding war in meinen Augen gesund.«

»Kann man das simulieren?«

»Sie haben ihren Rechtsmediziner erwähnt, der weiß das besser als ich!«

Dr. Rosser musste in Quarantäne. Ich telefoniere mit ihm. Es geht ihm gut mit ganz leichten Symptomen. Ich soll mich an die Wittmann wenden.

»Herr Kommissar ...«

»Nennen Sie mich Wolff. Das macht vieles einfacher!«

»Gut, ich heiße Cai.«

»Das ist ein vietnamesischer Name?«

»Ja. Wie Sie wissen, waren damals in der DDR viele Gastarbeiter aus Vietnam, wie bei Ihnen die Italiener und Türken.«

»Man könnte fast meinen, dass die Deutschen arbeitsscheu sind.«

»Nein, ganz gewiss nicht. Aber für die einfachen Arbeiten sind sie sich manchmal zu fein, oder?«

»Kann sein, jeder hier will halt Abitur und studieren. Putzen müssen die anderen.«

»Treffend formuliert.«

»Aber warum ich hier bin. Kann man den Entzündungswert, den CRP, künstlich erhöhen?«

»Kein Problem, da gibt es viele Möglichkeiten.«

»Ich meine, wenn man diese Möglichkeiten nicht hat?«

Ich erläutere mein Problem.

»Ach so. Dann wird es schwierig. Eine Frau in Haft, lassen Sie mich nachdenken. Nein, so schwierig ist das doch nicht, der CRP geht recht schnell bei schon kleinen Entzündungen nach oben ... warten Sie ... klar, eine Blasenentzündung reicht.«

»Aber die hätte sie ja haben müssen.«

»Bei einer Frau geht das relativ schnell und das kann man provozieren.«

»Wie?«

Cai schildert eine etwas unappetitliche Methode, die, mehrfach probiert, zum Erfolg führen kann.«

»Das heißt nicht, dass das immer funktioniert, aber denkbar wäre es. Und wenn sie gut informiert war, dann wusste sie auch, dass sie bei der OP ein Antibiotikum bekommt, das die Blasenentzündung sofort beseitigt. Die übrigen Symptome kann man simulieren. Und die im Knast wissen, wie man seine Körpertemperatur kurz hochbringt.«

»Dann haben die das lange geplant. Vielen Dank noch. Grüßen Sie Rosser, wenn er wieder da ist.«

Frédérique kam gestern mit dem Flieger nach Nürnberg. Staatsanwältin Aline Graf, eine enge Vertraute von Gastner, hatte sich der Sache angenommen. Sie legte akribisch Wert darauf, dass praktisch niemand von der Aktion erfuhr. Den Haftbefehl unterzeichnete ein ziemlich junger Richter, der ihr sehr zugetan ist. Nein, alles legal, nur unauffällig musste es sein. Die Unterbringung erfolgte in einer Einzelzelle unter dem Namen Wollnsberger Brigitte, Ruschka musste alle seine Kunst und Verbindungen aufbieten, um das an den Vollzugsbeamten vorbeizumanövrieren. Ilse war rund um die Uhr mit dabei. Bei einer Kronzeugenregelung muss das gehen, sagte Herrmann, warum nicht auch hier.

Noch in der Nacht machte Frédérique ihre Aussage vor dem Ermittlungsrichter. Sie legte die Aufträge aus Brüssel, Verona und Barcelona in allen Details offen und nannte ihre Auftraggeber. Alle erforderlichen Beweise hätte sie in einem Bankschließfach sicher deponiert, den Schlüssel könne sie durch einen Telefonanruf jederzeit schicken lassen. Das würde sie aber nur machen, wenn der Deal zustande käme. Den Mord an Habermüller gestand sie.

Ruschka hat Ilse und mich zu sich gebeten. Aline Graf und Staatsanwalt Gastner sind ebenfalls anwesend.

»Meine Herrschaften, ich danke für Ihr Kommen. Wir dürften uns darüber einig sein, dass hier wohl doch die Voraussetzungen für eine Kronzeugenregelung gegeben sind. Mir war das am Anfang nicht so bewusst, vielen Dank Frau Graf für Ihren Hinweis. Nur die Umsetzung macht mir noch etwas Kopfzerbrechen. Kommt es zu früh heraus, dass wir Frédérique haben, dann wird es gefährlich. Andererseits brauchen wir die Beweise und ihre Aussage, um die Kandidaten in Europa hochnehmen zu lassen.«

»Sie muss uns einfach vertrauen, sonst geht es nicht.«

»Niemand kann ihr einen Straferlass zusichern.«

»Ein Straferlass kann nicht ausgesprochen werden. Sie hat gemordet. Es kommt nur eine Strafmilderung in Frage.«

»Und dann ist sie in jedem Knast in Gefahr. Gastner, dann brauchen wir das ganze Theater nicht durchziehen.«

»Ich bin mir auch nicht sicher, ob die Kronzeugenregelung für den Habermüllerfall überhaupt anwendbar ist.«

»Da gab's kein Verfahren, sie kann den Minister immer noch entlarven, also rein theoretisch, auch wenn er schon im Himmel ist!«

»Der und im Himmel, eher weiter d'runten.«

»Wir müssen das mit ihr besprechen. Und dann ist da ja noch Serge Moreaux, den möchten wir haben. Ilse, Sie machen das?«

Am nächsten Tag. Ilse hat mit Frédérique lange gesprochen. Sie hat ihr erklärt, dass es nur ganz enge rechtliche Möglichkeiten gibt, ihre zu erwartende Strafe zu mildern. Man hätte sicher Möglichkeiten, aber da müssten dann auch alle mitspielen. Ihre Sicherheit im Gefängnis könne ihr niemand vollständig garantieren. Aber beim Strafmaß könne man was machen, die Staatsanwaltschaft werde keine Rechtsmittel einlegen, egal, was das Gericht ausspricht.

»Wo werde ich die Strafe absitzen müssen?«

»Ich nehme an, hier in Nürnberg.«

»Dann machen wir das. Das Risiko gehe ich ein. Ich lasse Ihnen die Beweise zukommen, aber dazu muss ich einige Telefonate führen und das geht hier drinnen nicht.«

»Dann lasse ich Sie noch mal dem Ermittlungsrichter vorführen. Ich werde dabei sein.«

»Ein Prepaid-Handy bitte. Serge Moreaux ist in Straßburg. Die Adresse gebe ich Ihnen dann.«

Und so ging die Sache über die Bühne. Alle Unterlagen und Kontaktdaten wurden bei uns im Präsidium in den Briefkasten geworfen. Alle Gespräche mit den Auftraggebern waren auf einem Stick und die Überweisungen von den jeweiligen Konten waren dokumentiert. Ruschka informierte seinen Freund in Lyon bei Interpol und es ergingen internationale Haftbefehle gegen die Auftraggeber. Die wurden fast gleichzeitig festgenommen. Ruschka berief eine Pressekonferenz ein, bei der stolz verkündet wurde, dass Hauptkommissarin Ilse Merkel den Mord an Hans Habermüller aus dem Jahr 2014 mit höchst lobenswertem Ermittlungsaufwand aufgeklärt und die Täterin selbst nach Deutschland gebracht habe. Der Prozess gegen sie stehe unmittelbar bevor. Gleichzeitig habe sie den Aufenthalt des flüchtigen Mörders Serge Moreaux ausfindig machen können, der ebenfalls schon wieder in Haft genommen wurde. Die Presse überschlug sich mit lobenden Schlagzeilen. Über die

Verhaftung der anderen Auftraggeber verlor man seitens der Behörde kein Wort.

Man sollte das Wort Schauprozess vermeiden, aber im Grunde genommen war es so. Innerhalb einer Woche war die Anklage da, ein Termin bestimmt, ein zuverlässiger Pflichtverteidiger bestellt, die Verhandlung dauerte zwei Stunden und es waren keine Zuhörer anwesend. Es ging alles so schnell, dass nicht einmal die Presse davon Wind bekam. Das Urteil lautete überraschend milde auf vier Jahre Freiheitsstrafe. Die Staatsanwaltschaft und der Verteidiger erklärten Rechtsmittelverzicht und Frédérique konnte zurück in ihre Zelle.

Am Tag danach, es ist der 20. Oktober 2020. Dr. Ruschka ruft mich zu sich.

»Wolff, sie werden es nicht glauben, ich hatte gerade den Anruf von meinem Gegenspieler bei der Stellenbesetzung.«

»*Den* Anruf?«

»*Den* Anruf, den ich erwartet hatte. Er gratulierte mir zu meinem Schachzug und wünschte Ilse viel Erfolg. Dann sagte er zynisch, dass man wohl bald damit rechnen könne, dass größere Zusammenhänge das Urteil des Landgerichts Nürnberg korrigieren würden.«

»Eine Drohung? Es hört nicht auf!«

»Nein, wird es nie. Die Menschen möchten das auch nicht. Sie werden die Antidemokraten nie aufhalten, bewusst nicht, weil ...«

»Weil sie es nicht verstehen und weil sie es nicht verstehen wollen.«

»Und weil sie es aus lauter Dummheit toll finden, wenn Gesetze gebrochen werden.«

»Wolff, wir müssen das Studio wieder zumachen. Heute kam die Meldung rein, dass ab November wieder verstärkte Maßnahmen gelten. Jetzt haben wir alle Auflagen erfüllt, viel Arbeit und Geld für die Sicherheitsmaßnahmen hineingesteckt und jetzt das.«

»Schade Nena, nein, Scheiße ist das.«

»Aber die Läden und Einkaufszentren dürfen offenbleiben, auch die Schulen.«

»Da sehe ich keinen rechten Sinn drin. Also für härtere Maßnahmen bin ich schon, aber man sollte die dann auch konsequenter anwenden. Es scheint mir, dass da die Lobbyarbeit einiger weniger erfolgreich war und diejenigen ohne Lobby baden gehen. Klientelpolitik ohne Weitsicht, wie immer halt. Das Weihnachtsgeschäft im Handel wird also noch mitgenommen. Da sind wir dann nicht viel besser als ein bekannter österreichischer Skiort im Februar. Geld war schon immer wichtiger als Gesundheit.«

»Aber da ist doch im Studio alles sicher gemacht worden!«

»Nachmittags, wenn nur wenige da sind, geht das. Aber ab 17 Uhr? Meinst du?«

»Kann sein. Ich muss in die Kurzarbeit, das gefällt mir gar nicht.«

»Komm her, lass dich in den Arm nehmen. Da müssen wir wohl durch. Ganz ehrlich, ich würde für vier Wochen alles, aber wirklich alles herunterfahren, kurz, aber hart. Nur will man manchen Wählergruppen nicht wehtun. Wenn Politiker für ihre Fehler haftbar gemacht werden könnten, dann hätten wir keine mehr.«

»Wirklich? Du siehst das zu schwarz, oder?«

»Sagen wir mal so, wenn einer einen Vertrag unterzeichnet, der Hunderte Millionen Euro für den Staat an Ausgaben verursacht, obwohl in Kürze ein Urteil des Europäischen Gerichtshofes ansteht, das die Rechtsgrundlage für diesen Vertrag beseitigen kann und das auch noch ziemlich wahrscheinlich ist, dann ist dieser Mann besoffen oder bestochen oder beides. Und wenn sich dann noch herausstellt, dass selbst seine Vertragspartner davor gewarnt hatten, dann ist er einweisungsreif. Aber nichts passiert, man windet sich so lange, bis das Interesse an dieser Katastrophe nachlässt. Und die Pandemie ist dann eine willkommene Ablenkung. Es ist einfach nur noch zynisch und lächerlich, was sich da abspielt. Ich könnte speien.«

»Komm, lass uns lieber eine Flasche Wein aufmachen, ich habe gekocht.«

»Was gibt es?«

»Einfach nur Käsespätzle Südtiroler Art mit grünem Salat.«

»Fein. Du, ich muss kurz noch was im Rechner nachsehen.«

Mir geht etwas nicht aus dem Kopf. Diese Birgit Stemmermeier habe ich irgendwo schon einmal gesehen, also vor ihrem Tod. Ich habe ein gutes Gedächtnis für Gesichter, für Namen weniger. Aber meistens ist es auch eine Art Déjà-vu. Ich lade mir das Foto hoch und betrachte es. Nein, ich habe sie bestimmt nicht gesehen. Oder doch?

Nena lehnt sich auf meinen Rücken und sieht mir über die Schulter.

»Das ist Birgit! Was ist passiert?«

»Du kennst sie?«

»Klar, die trainiert bei uns. Ich habe sie allerdings schon lange nicht mehr gesehen. Emma meinte, ihr Vertrag sei eh ausgelaufen.«

»Da habe ich sie gesehen, vielleicht einmal und nur kurz. Du weißt es nicht?«

»Nein, was soll ich wissen?«

»Sie ist die Tote aus der Apotheke von Westheim!«

»Oh nein, nicht die Birgit! Du bist dir sicher?«

»Ja. Birgit Stemmermeier, ich habe nichts erwähnt?«

»Du redest kaum über deine Fälle, also sehr selten. Das tut mir so leid, die war so nett.«

»Wann war die denn immer so beim Training?«

»Spät, nicht vor 21 Uhr.«

»Dann habe ich die wohl nur einmal kurz gesehen, nach 17 Uhr war ich ja kaum da.«

»Die hing da immer mit diesem Schönling rum, den ihr dann an der Bahn gefunden habt.«

»Mit dem Gregory? Mit dem Gregory Goodwin?«

»Ja, mit deiner verstümmelten Leiche. Der war mir nie sympathisch, ich kannte den kaum.«

»Nena, du hast mich wahrscheinlich gerade ein gewaltiges Stück weitergebracht in unserem Fall. Das eröffnet mir ganz neue Perspektiven.«

»Essen?«

»Ja gerne.«

Ich fahre ins Studio. Es ist der letzte Tag, an dem es geöffnet ist. Emma und Eva sind am Counter. Sie wussten nichts von den beiden Morden. Zeitungen liest man in dieser Generation nicht mehr und Birgit war eher so eine Einzelgängerin, sodass sie auch kaum jemand vermisste. Den Gregory eh nicht. Ein Aufschneider weniger. Aber Eva kann sich noch an ein kurzes Gespräch mit Birgit erinnern, kurz bevor die nicht mehr zum Training kam.

Die wäre irgendwie geheimnisvoll, aber auch euphorisch gewesen. Sie hätte eine Begegnung gehabt, die ihr viele Vorteile verschaffen werde. Das würde ich nicht glauben, wenn sie mir das verraten würde, meinte sie. Dann flüsterte sie mir doch ins Ohr.

»Sie behauptete, Verena gesehen zu haben. Als ich sagte, dass die doch im Knast sitzt, hat sie mir nur zugezwinkert. Ich hab das als Quatsch abgehakt.«

»Emma, ich habe euch doch davon informiert!«

»Wovon?«, Eva sieht Emma fragend an.

»Eva, Verena ist ausgebrochen! Sorry Wolff, ich glaube, Eva war im Urlaub, als du uns informiert hast, und dann habe ich wohl vergessen, Eva das zu sagen.«

»Was für Vorteile meinte Birgit?«

»Na ja, sie hat die Finger so gerieben, wie man es macht, wenn man Geld meint.«

»Das erklärt einiges. Danke euch.«

Ich nehme beide noch in die Arme zur Verabschiedung. Wer weiß, wann wir uns hier wiedersehen.

Ich fahre nach Nürnberg. Sonst wird geplappert und gequatscht, aber wenn es darauf ankommen könnte ...? Ach komm, Wolff, die Jungen denken da anders. War Verena in der Villa? Dann muss die Stemmermeier dort auf sie getroffen sein oder sie zumindest gesehen haben. Nachweislich war Birgit da gesehen worden. Aber was suchte sie da? Und was meinte Eva mit Geld? »Mensch, jetzt fahr doch zu. 65 auf der A73. Depp, fahr!« Aber klar! Die Stemmermeier wollte aus der Begegnung Vorteile ziehen. Hat sie Verena erpresst? Hat sie ihr gedroht, das Versteck zu verraten? Und welches Versteck? Das Verlies? Wolff, bitte keine Fantastereien. Ich erschrecke fast vor meinen folgenden Gedanken.

Hat sie Gregory Goodwin davon erzählt? Die beiden haben Verena erpresst und mussten sterben! Dann war Verena nach ihrem Verschwinden aus Gräfenberg in der Villa untergekommen? Wer half ihr dabei? Niedenbrock? Vater und Sohn? Der Hausmeister Machwitz? Ich muss die Mannschaft zusammentrommeln. Das sind mir zu viele Fragezeichen auf einmal. Und wir müssen den Lochner noch einmal einbestellen. Der weiß doch mehr, als er bisher zugegeben hat.

»Du Wolff, ich habe dir doch von meinem abendlichen Besucher kürzlich erzählt.«

»Ich kann mich erinnern, Hannah.«

»Der war wieder da. Gestern Abend.«

»Und?«

»Bettina hat ihn auch gesehen. Es ist ein Kollege.«

»Ein Kollege? Hier von der Kripo?«

»Ja. Vom Betrugsdezernat. Diesmal konnte ich ihn erkennen. Er war an der Haustüre unten und hat zweimal geläutet. Ich habe nicht geöffnet.«

»Wie kommt der dazu?«

»Nun, es war im März, wir waren an einem Fall, der mit beiden Abteilungen zu tun hatte, und da ist es passiert.«

»Passiert?«

»Wir sind im Bett gelandet.«

»Ich staune! Du betrügst mich!«

»Du Arsch. Jetzt sei nicht so. Er sieht gut aus, aber ganz sauber ist er nicht. Er neigt zu perversen Praktiken und ich habe ihn vor die Tür gesetzt. Wer weiß, wie oft der schon da unten war. Ich möchte den da nicht mehr sehen.«

»Wer ist es?«

Hannah nennt den Namen.

»Oh! Ich kümmere mich darum, Hannah, kannst dich darauf verlassen.«

»Und wer kümmert sich um mich?«

»Hannah! Du hast jetzt Bettina als Aufpasserin.«

»Es kommt die Zeit ...«

»Nein, sie kommt nicht! Diesmal nicht!«

Der Rest der Mannschaft versammelt sich im Konferenzraum wegen des Abstandes, der Pflicht ist. Nur Dr. Ruschka fehlt heute. Gestern, am Freitag, war das Degustationsmenü mit Weinverkostung. Acht verschiedene Weine, sagte mein Weinhändler die Tage. Da kann man das Fernbleiben des Chefs verstehen. Ich berichte von Nenas Beobachtung und den Schilderungen von Eva.

»Ihr sprecht zu Hause nicht über unsere Ermordeten? Du erzählst nichts von deinen Fällen?«

»Nein, Anh, ich bin mit Nena glücklich und will diesen ganzen verdammten Kram nicht auch noch daheim durchkauen. Nur über den Tod von Gregory haben wir kurz gesprochen, aber nur, weil Nena da was im Radio gehört hatte und ihn schließlich kannte. Dass Birgit im Studio war, wusste ich nicht. Klar, über die Flucht von Verena musste ich alle im Studio unterrichten. Aus Sicherheitsgründen. Aber was haltet ihr von meiner These, dass Birgit Verena in der Villa gesehen hat, dem lieben Gregory davon berichtet hat und beide die Westheim erpresst haben?«

»Das klingt schon schlüssig. Verena ließ die dann beseitigen, als die zu gefährlich für sie wurden.«

»Wir kennen den Vollstrecker, nur ist der verschwunden!«

»Dass er Goodwin auf dem Gewissen hat, wissen wir. Aber wer hat die Stemmermeier beseitigt? Verena selbst?«

»Das halte ich für sehr wahrscheinlich. Aber dann hätte sie noch Gift in der Villa haben müssen. Und die Stemmermeier hätte so blöd sein müssen, noch ein Röhrchen zu nehmen, nach alledem, was passiert war.«

»Harald, die Theorie trage ich mit.«

»Danke, Wolff. Und hinter der ganzen Scheiße steckt der alte Niedenbrock. Der muss alles geplant haben.«

»Kollegen ...«

»Ja, Bettina?«

»Ich weiß, dass ihr mich wegen meinem Verlies nicht ernst nehmt, aber mir ist da noch was aufgefallen.«

»Die Blaue Grotte von Schloss Linderhof!«

»Cem! Aber Respekt, dass du so eine Allgemeinbildung hast. Nein. In den Plänen sind ja diese Kellerräume zur Garage hin verzeichnet, die wir allerdings nicht finden konnten. Da ist so ein Kürzel vermerkt, ›*BM II*‹. Ich weiß nicht, was das bedeuten soll.«

»Bundesministerium zwei!«

»Ha, ha, Cem. Du hast heute deinen Scherztag.«

»Basement zwei.«

»Anh?«

»Klar. Das ist hier nicht so ein gängiger Begriff, aber in Asien, den USA und generell in Übersee bedeutet das, dass da ein zweiter Keller unter dem ersten ist. Dort sind es freilich meist die Tiefgaragen. Aber hier?«

»Jetzt geht mir ein Licht auf. Der Architekt hat das neben den Kellergrundriss gezeichnet, aber in Wirklichkeit ist das noch darunter. Deswegen ›*BM II*‹, ganz klar!«

»Und wie kommt man da hinunter? Durch die Betonfläche nicht, das habe ich mit Wolff überprüft.«

»Lebt der Architekt noch?«

»Lass mal sehen, der Plan ist aus dem Jahr 1975. Sagen wir, der gute Mann war da dreißig, dann stehen die Chancen gut.«

»Wie wäre es, wenn wir einfach bei der Architektenkammer nachfragen?«

»Wie heißt der?«

»Muss ich nachsehen. Kollegen, ich verabschiede mich und kläre das gleich.«

»Forget it. Die arbeiten am Samstag nicht, nicht so wie wir Deppen.«

»Cem, wir müssen den Lochner noch einmal vernehmen. Der hat doch zugegeben, dass er wegen seiner 5000 Euro mehrfach nachtelefoniert hat. Auch den alten Niedenbrock hat er angerufen. Der weiß doch mehr, als er zugegeben hat. Und dann die Geschichte mit der Flucht von Verena, das hätte er nicht gewusst. So ein Blödsinn. Du kümmerst dich?«

»Jo, Chef.«

»Ich traue mich gar nicht zu fragen, die Fahndung nach dem Machwitz hat nichts ergeben, oder?

»Wie vom Erdboden verschluckt.«

»Ach, bevor ich es vergesse, die Oma aus der Nachbarschaft der Villa hat mich die Tage angerufen. So wie es aussieht, wohnt der alte Niedenbrock jetzt ständig da. Und es kommt auch oft ein Mann, den sie vorher da noch nie gesehen hat. Der fährt so einen alten Kombi, die Marke weiß sie nicht.«

»Der Lochner hat so einen.«

»Dann hol mir den her.«

»Wolff, wird erledigt.«

Die Nachfrage bei der Architektenkammer am Montag darauf war erfolgreich. Der Architekt heißt Theobald Cordes, ist 94 und wohnte zuletzt in Uttenreuth bei Erlangen. Laut Einwohneramt wohnt er da noch. Bettina fährt gleich los. Am Ortseingang von Uttenreuth geht's die erste Straße links rein, dann gleich wieder links bis zum Ende der Straße, wo dann der Wald beginnt. Bettina läutet und es öffnet ein älterer Herr mit langem, weißen Haar und freundlichem Blick.

»Herr Cordes?«

»Ja, der bin ich.«

»Architekt Theobald Cordes?«

»Ja, schöne junge Frau, was kann ich für Sie tun?«

»Entschuldigung, dass ich so hereinplatze, mein Name ist Bettina Saalfrank und ich bin von der Kripo in Nürnberg.«

Bettina zeigt ihren Ausweis.

»Ja die Polizei, was habe ich verbrochen? Aber kommen Sie doch herein.«

»Sie sind 94 Jahre alt?«

»Wer sagt das?«

»Die Architektenkammer, wir haben Sie gesucht. Es geht um einen Bauplan aus dem Jahre 1975. Ich hätte Sie höchstens auf 75 geschätzt.«

»Danke sehr, das schmeichelt, aber es hilft nichts, in zwei Wochen werde ich 95! Aber an Pläne von damals kann ich mich nicht mehr erinnern.«

»Ich habe ihn dabei. Hier.«

Cordes bittet Bettina in das Wohnzimmer, wo auch ein großer Esstisch steht. Bettina breitet den Plan darauf aus und Cordes holt eine Lesebrille.

»Hm, lassen Sie mich sehen. Na klar, da erinnere ich mich doch, das ist die Neudorff'sche Villa am Burgberg. Das war damals ein schöner Auftrag. Aber warum interessiert sich die Kripo dafür?«

»Mordkommission, genauer gesagt.«

»Jetzt wird es gefährlich! Worum geht es?«

Bettina schildert kurz die Morde, die Westheim und ihre Geschichte, ihre Flucht und die Vermutungen der Polizei.

»Und ich habe immer vermutet, dass es da ein Versteck gibt!«

»Haben Architekten eigentlich eine Schweigepflicht?«

»Da fragen Sie mich jetzt was.«

»Schon, wir müssen auch über unsere Aufträge Stillschweigen bewahren. Aber schließlich werden die Häuser ja errichtet und eine Menge Leute sind daran beteiligt. Deswegen kann ich Ihnen über die Architektur selbst Auskunft geben.«

»Das genügt mir auch. Was bedeutet ›*BM II*‹ auf dem Plan?«

»Ganz einfach ›Basement zwei‹, wie es dasteht.«

»Das dachten wir uns auch schon, aber wir mussten sicher sein. Aber wie kommt man da hinunter?«

»Die Personen, die sie vorhin genannt haben, kenne ich nicht. Ich glaube, die Villa ist von meinem Auftraggeber Ende der 80er-Jahre verkauft worden. Wie oft danach die Eigentümer gewechselt haben, weiß ich natürlich nicht. Wissen Sie, mein Auftraggeber damals war im Vorstand eines großen Konzerns hier und die Zeiten wurden immer unsicherer. Der Terror fand Einzug in unserem Land. Solche Bürger fühlten sich mehr und mehr bedroht. Sie können mir folgen?«

»Ich weiß, was Sie meinen.«

»Gut. Meinem Auftraggeber ging es darum, einen sicheren Rückzugsraum zu haben, falls das Anwesen angegriffen wird, bedroht wird oder nennen Sie es, wie Sie möchten. Im Keller verstecken ist natürlich albern und so machte ich den Vorschlag, ein unsichtbares Geschoss einzuplanen, eben unter dem Keller, in das man sich bei Gefahr zurückziehen kann und das autonom ist. Mit eigenem Strom, eigenem Wasser, eigener Luft und Lebensmitteln für zwei Wochen. Und ein eigenes Telefon, das waren noch andere Zeiten, ohne Mobiltelefon!«

»Aber wie kommt man da hinunter? Die Treppe in den Garagen gibt es ja nicht!«

»Die ist auch nur ein Ablenkungsmanöver, sie ist eigezeichnet, wurde aber nie gebaut. Für den Fall, dass einer an die Pläne kommt, sollte der daran verzweifeln.«

»Wie dann?«

»Durch den Bodentresor!«

»Den kennen wir, aber da ist nichts!«

»Dann wäre es ja zu leicht. Selbst wenn man den findet, muss man noch eine Kleinigkeit wissen. Man kommt mit der Zahlenkombination in den Tresor – den mein Auftraggeber damals unbedingt für sein Bargeld und seine Aktienpakete wollte – und man kommt, wenn der offen ist, mit einer weiteren Zahlenfolge nach unten.«

»Dann kommt man doch nur in den Keller?«

»Nein. Ich hatte neben der Wand zwischen Weinkeller und Waschküche noch eine zweite Wand einziehen lassen, die natürlich nicht in dem Plan eingezeichnet ist. Zwischen diesen Wänden geht eine schmale Treppe vom Tresor nach unten direkt in den zweiten Keller. Dort ist dann noch eine Stahltür, die den Bereich hermetisch abriegelt.«

»Wenn man nachmisst, dann entdeckt man die zweite Wand, ich habe da so einen Blick.«

»Sie waren doch drin! Und? Haben sie die Abweichung gesehen?«

»Nein. Natürlich nicht. Da kommt keiner drauf. Aber warum durch den Bodentresor? Man hätte ja auch eine Tür in den Boden des Kellers einlassen können?«

»Würden Sie erstens einen Bodentresor im Wohnzimmer unter schweren Teppichen vermuten, wenn da schon einer in der Wand hinter dem berühmtem Bild ist? Würden Sie vermuten, dass man damit in ein zweites Basement gelangt?«

»Ganz ehrlich, nein. Den Bodentresor hatten wir damals bei der allerersten Hausdurchsuchung auch nicht gefunden.«

»Na also!«

»Und was passiert, wenn man den zweiten Zahlencode eingibt?«

»Der Stahlboden des Tresors schiebt sich beiseite und man sieht die Treppe.«

»Und die Stahltüre?«

»Öffnet sich gleichzeitig, damit keine weitere Zeit verloren geht. Man kann sie von innen dann mechanisch abriegeln.«

»Wenn da welche eindringen, sehen sie doch den offenen Bodentresor!«

»Junge Frau, man hatte zu der Zeit Personal. Das durfte natürlich nicht ins Basement, aber man erwartete, dass der Tresor geschlossen und der Teppich darübergelegt würde.«

»Oh, ich verstehe!«

»Freuen Sie sich aber nicht zu früh. Die Codes können stets individuell geändert werden.«

»Sie haben mir sehr geholfen. Die Kollegen haben mich nicht ernst genommen, weil ich ein Verlies vermutet hatte.«

»Nun, Verlies ist die falsche Bezeichnung. Wie nennt man das heute? *›Panic room‹* oder *›escape room‹*, nennt man das so?«

»Das stimmt. Ich wusste allerdings nicht, dass man damals schon an so etwas gedacht hat. Danke sehr für die Hilfe. Leben Sie alleine hier?«

»Ja und nein. Eine Zugehfrau macht das Notwendige und meine Enkelin, die so in Ihrem Alter sein dürfte, kümmert sich um mich. Sie ist genauso hübsch wie Sie!«

»Danke. Das freut mich. Nur eines noch, die Belüftung des Basements?«

»Da gibt es eine Beton ...«

»... Fläche hinter der Garage. Ja.«

»Also kennen Sie die schon. Da sieht man nichts, richtig?«

»Nein, uns ist nichts aufgefallen.«

»Sehr gut. Dann habe ich das gut gemacht. Also. Da, wo das Gitter aufliegt, gibt es an allen vier Seiten ganz, ganz feine Schlitze. Die sind kaum sichtbar mit Stahl verstärkt, damit der Beton sie nicht irgendwann selbst verschließt. Zwei saugen Luft an und zwei geben sie zurück. Man braucht eine sehr gute Sehfähigkeit, um dahinter zu kommen. Oder man hält eine Feder davor. Gute Fahrt!«

Klemens Lochner ist der schriftlichen Einladung zu einem Gespräch im Präsidium nicht nachgekommen. Der Kollege in Gräfenberg hat mehrmals vergeblich versucht, ihn zu Hause anzutreffen. Bei seinem Arbeitgeber fehlt er seit längerem unentschuldigt. Bettina berichtet von ihrem Gespräch mit Architekt Cordes.

»Und da sitzt jetzt die Westheim?«

»Vielleicht. Aber es gibt diese Räume und ich wusste es.«

»Dann machen wir jetzt schon wieder eine Hausdurchsuchung? Die vierte oder fünfte? Und dann ist da wieder nichts?«

»Da ist was, glaube mir Cem, da ist ganz bestimmt was.«

»Wo sind eigentlich die anderen?«

»Bei Ilse in Erlangen in der Essenbacherstraße zum Kaffee. Ilse wird Ruschkas Nachfolgerin. Die besprechen die Amtsübergabe.«

»Die ist doch erst nächstes Jahr.«

»Da soll es eine Übergangsphase geben oder so ähnlich.«

»Meinst du, das ist gut für uns, Ilse als Chefin?«

»Willst du einen von außen? Einen Parteigänger, der von nichts eine Ahnung hat und uns Vorschriften macht? Einen, der noch nie ermittelt hat und nicht versteht, dass wir manchmal echte Probleme haben?«

»Hast schon recht. Ich kenne so was aus einer anderen Großstadt in Bayern. Das war so krass, dass viele sich lieber haben versetzen lassen, als sich dem seinen Schwachsinn anzutun. Der war erst 39 und gab die Devise heraus, schaut euch erst mal das Vergewaltigungsopfer näher an, bevor ihr den vermeintlichen

Täter unter Druck setzt. Meistens lügen die Frauen sowieso.«

»Uh, hart. Rechtskonservativ?«

»Mehr noch.«

Das Telefon klingelt. Bettina nimmt ab.

»Ja ... Wer ... Frau Timmermann ... In der Villa gegenüber ... Schüsse ... Ach so, Sie sind die Nachbarin ... Vor fünf Minuten ... Bleiben Sie im Haus.«

»Was iss'n los?«

»Schnell Cem, ruf bei Ilse an oder gleich den Wolff mobil, in der Westheim-Villa wird geschossen! Und ruf die Erlanger Kollegen an! Nein lass, das mache ich!«

»SEK?«

»Reicht die Zeit nicht!«

»Wolff, gut, dass du gleich rangehst, in der Villa sind Schüsse gefallen.«

»Sagt wer?«

»Die Nachbarsoma hat gerade angerufen.«

»Dann los. Und ruft das Sonderkommando, einstweilen machen wir das alleine. Anweisungen gebe ich über Funk.«

Wenn da nicht der alte Niedenbrock dahintersteckt, mein Bauchgefühl täuscht mich selten und Waffen hat er ja.

»Leute, Schüsse in der Westheim-Villa. Der Kaffee muss warten. Ilse, Herrmann, ihr bleibt bitte hier. Wir brauchen euch hier sicher. Laufen oder fahren?«

»Fahren, bevor wir uns in diesen vielen Wegen nach oben verlaufen, dann dauert es noch länger.«

»Danke Hannah. Du und Harald, ihr kommt von den Garagen. Anh kommt mit mir. Aber nichts unternehmen, bevor wir die Situation nicht überschauen können.«

Mit Blaulicht und Sirene rast Bettina mit Cem über die A73 nach Erlangen. Mit 156 km/h hat sie das noch nie gemacht. Die Erlanger Kollegen haben die Burgbergstraße bereits abgesperrt, als wir unsere Wagen weit genug entfernt anhalten. Sie haben die Nachbarn aufgefordert, in ihren Häusern zu bleiben und die Streifenbeamten gingen hinter ihren Wagen mit gezogener Waffe in Deckung. Nur die Oma durfte raus. Schwabb unterhält sich mit ihr in sicherem Abstand. Ich funke Cem an.

»Cem, Bettina, ihr geht wieder von hinten ran, ihr kennt euch da aus in diesem Wegelabyrinth.«

»Wolff, alter Kämpfer, das hätten wir nicht gedacht, oder?«

»Ich hatte es irgendwie ... na du weißt schon. Rührt sich was?«

»Ein Rollo ging herunter, grad eben.«

»Und Sie, Frau ...?«

»Timmermann, ich heiße Timmermann, ja, da hat es drei Mal geknallt. Wie im Tatort, das müssen Schüsse gewesen sein! So vor einer halben Stunde!«

Ich sehe Schwabb an, der rollt die Augen.

»Tatort sagen Sie? Wie im Fernsehen also?«

»Ja genau!«

»Der Fernseher war nicht zufällig an?«

»Doch!«

»Und die Lautstärke ziemlich hoch?«

»Ja!«

»Und Sie sind sich sicher, dass da im Nachbarhaus geschossen wurde?«

»Ich bin doch nicht blöd! Ganz sicher! Peng, peng, peng. Ganz laut!«

»Wolff?«

Ich zucke mit den Achseln.

»Frau Timmermann, Sie gehen jetzt bitte mit meinem Kollegen hier ganz weit hinter die Absperrung dort drüben und lassen uns mal machen.«

Die beiden gehen Richtung Wasserturm, der dort oben in seiner ganzen Pracht in Sandstein thront.

»Hier Wolff, seid ihr schon hinter dem Haus, Cem?«

»Noch nicht ganz, noch etwa 100 Meter, warte ... check, alles klar! Sind bereit!«

»Anh, du bleibst dicht hinter mir!«

»Also doch ›du‹ ...«

»Ich hab jetzt keine Zeit für so was. Gib mir mal das Sprechgerät! Hoffentlich blamieren wir uns jetzt nicht, falls die Oma das mit dem Ton im Fernseher verwechselt hat.«

Wir beziehen hinter der Mauer neben dem eisernen Gartentor Stellung und ducken uns. Ich halte den Lautsprecher hoch.

»Hier spricht die Kriminalpolizei. Das Haus ist umstellt und es gibt keine Fluchtmöglichkeit. In Ihrem Anwesen wurden Schüsse gehört. Wir wissen, dass jemand dort drin ist. Wenn alles in Ordnung ist, dann können Sie unbehelligt zur Haustür herauskommen, nur zur Haustüre bitte. Wenn Sie vielleicht Hilfe benötigen, dann geben Sie uns ein Zeichen.«

Nichts geschieht.

»Wenn Sie nicht herauskommen oder ein Zeichen geben, zwingen Sie uns, die Zugänge zu öffnen. Wir warten genau drei Minuten!«

Es geschieht nichts.

»Ich fordere Sie zum letzten Mal auf, kommen Sie heraus!«

Ich sehe seitlich zwischen Mauer und Gartentür zum Haus. Die Haustüre öffnet sich einen Spalt, dann etwas mehr. Wir sind noch hinter der kleinen Mauer in Deckung. Dann sehe ich eine Hand mit einer Waffe aus dem Türspalt ragen.«

»Anh, runter, es wird ernst.«

Und schon werden zwei Schüsse kurz hintereinander in unsere Richtung abgegeben, die auf der anderen Seite der Mauer mit deutlichem Pfeifen abprallen. Anh richtet sich auf und bringt ihre Waffe blitzschnell auf den Ziegeln, die oben den Mauerabschluss bilden, in Anschlag und drückt zwei Mal ab, eiskalt. Die Projektile treffen genau da auf die Haustüre, wo der Schütze seine Hand herausstreckte. Der erwidert sofort das Feuer. Ich spreche in das Mikro an meiner Backe.

»Cem, ihr müsst von hinten ran, der schießt hier vorne auf uns. Aber kein Risiko, verstanden?«

»Verstanden, Wolff.«

Anh hält ihre Waffe immer noch bereit und wartet ab. Dann sehe ich wieder ganz kurz die Waffe des Schützen im Türspalt.

»Anh, die Hand!«

Blitzschnell legt Anh auf der Mauer an, gibt einen Schuss ab und geht sofort wieder runter in die Deckung. Man hört einen Schrei hinter der Eingangstüre, aber sofort kommt wieder eine Antwort in Form von zwei Schüssen auf uns.

»Treffer, Wolff, aber ich weiß nicht, wo!«

»Ich sehe auch nichts.«

Ich rufe wieder in Richtung Eingang.

»Es hat keinen Sinn, sich zu wehren. Wir müssen das Haus von unserem Einsatzkommando stürmen lassen, wenn Sie sich nicht ergeben!«

»Wolff, und wenn der da drinnen jemand als Geisel hat?«

»Dann hätte er uns das gesagt. Das ist der beste Trumpf in einer solchen Situation und kein Geiselnehmer würde schweigen. Wenn er eine Geisel hatte, ist der oder diejenige schon erledigt worden. Drei Schüsse, meinte die Nachbarin!«

»Du nimmst das Risiko, dass eine Geisel verletzt wird, auf dich?«

»Ja, und ich glaube, ich weiß, wer da auf uns schießt!«

»Der alte Niedenbrock?«

»Genau der!«

»Wolff, hier Cem, wir sind an der Terrassentür. Am Boden im Wohnzimmer liegt eine männliche Person, sie bewegt sich nicht. Sonst können wir niemanden sehen.«

»Bleibt da in Deckung, auf uns wird geschossen!«

»Die Verriegelung der Terrassentür ist offen, wir könnten rein!«

»Nein, kein Risiko. Könnt ihr die Tür blockieren, sodass man sie von innen nicht mehr schließen kann?«

»Ja, hier liegen lauter kleine Äste herum, ich mach das!«

Cem legt sich auf den Boden und schiebt sich Richtung Glastür. Bettina sichert ihn mit ihrer Waffe. Cem schiebt die Tür ein wenig weiter auf und drückt ein kleines Stück Ast in die Laufschiene, sodass man es nicht ohne Werkzeug wieder entfernen kann. Dann macht er die Tür bis auf einen kleinen Spalt wieder zu und zieht sich zurück.

»Wolff, wir kommen an das Haus von der Garage aus, da ist nur ein Fenster.«

»Negativ, Harald, negativ, ihr bleibt, wo ihr seid.«

Harald meint den Helden spielen zu müssen und sieht um die Ecke der Garage. Sofort fallen zwei Schüsse in seine Richtung. Einer davon trifft ihn am

Arm, aber Hannah hat aufgepasst. Sie legt an und gibt vier, fünf Schüsse auf das Fenster ab, von dem aus sie angegriffen wurden.

»Harald, alles okay?«

»Halb so schlimm, bin nur gestreift worden, geht schon.«

»Hannah?«

»Das Fenster war schon die ganze Zeit offen, dann sah ich eine Gestalt auf uns anlegen. Ich müsste ihn erwischt haben!«

»Cem ...«

»Ja, Wolff?«

»Wir glauben, Hannah hat ihn erwischt. Könnt ihr rein?«

»No problem. Halt, da kommt einer ins Wohnzimmer gewankt, scheint angeschossen zu sein!«

»Kannst du erkennen, wer es ist?«

»Fett, verschwitzt und im Anzug.«

»Niedenbrock!«

»Jetzt kann er sich nicht mehr halten und ... er fällt auf den Boden.«

»Und der andere?«

»Bewegt sich nicht.«

Die Verstärkung ist da und ich gebe den Befehl, das Anwesen zu stürmen. Vier Kollegen des Einsatzkommandos machen sich daran, die Eingangstür zu sprengen. Anh und ich sind mittlerweile neben der Haustüre an der Wand in Deckung mit unseren Waffen in Anschlag.

»Wolff, wir gehen rein ...«

»Warte Cem, negativ ... die Verstärkung ...«

Ich höre zwei Schüsse, dann noch einmal drei aus einer anderen Waffe. Scheiße, Cem, Bettina! So ein verdammter Mist!

Wir gehen hinter den Kollegen mit ihren Sturmausrüstungen in das Innere. Mittlerweile kennen wir ja die Räumlichkeiten. Cem war von hinten in das Wohnzimmer gekommen, das direkt vor uns ist. Die breite Schiebetür ist ganz offen. Ich sehe weder Bettina noch Cem. Verdammte Scheiße. Warum mussten die beiden da eigenmächtig rein! Die Kollegen sichern den Raum und wir gehen um die großzügige Polsterlandschaft herum. Die Waffen immer noch im Anschlag. Der Kollege vom SEK winkt und gibt Entwarnung. Es liegen zwei männliche Personen auf dem Boden. Einen davon erkenne ich gleich. Dr. Niedenbrock. Mit einer Waffe in der linken Hand liegt er da auf dem Bauch und rührt sich nicht. Daneben liegt auf dem Rücken Klemens Lochner.

»Beide tot?«

»Schmitt, der eine ja, bei dem hier sind wir uns nicht sicher. Sie ...«

»Ihr sichert und ich sehe mir den an.«

Der SEK-Mann schleudert sicherheitshalber Niedenbrocks Waffe mit dem Fuß weg. Ich knie mich neben Lochner und berühre den Hals dort, wo die Halsschlagader ist.

»Er lebt noch, ruft den Rettungswagen. Wo ist Cem, wo ist Bettina?«

»Wir sind hier!«

Bettina kommt zur Terrassentür herein und Cem hatte sich hinter der Bartheke verschanzt.

Mir fallen Felsbrocken vom Herzen.

»Wie ...?«

»Die fette Sau hat noch im Liegen auf uns geschossen, dann habe ich abgedrückt. Ist er ...?«

»Ja. Aber mach dir mal keine Gedanken, Anh hat ihn schon an der Haustüre erwischt und Hannah am Fenster zu den Garagen. Ganz schön zäh, der Scheißkerl.«

»Fett dämmt!«

»Bettina!«

»Ist doch wahr.«

Die Erlanger Kollegen hatten schon drei Rettungswagen angefordert, als sie die Straße absperrten. Der Notarzt untersucht Lochner und injiziert ihm Adrenalin, dann drückt ihm ein Rettungssanitäter eine Sauerstoffmaske auf.

»Schlimm?«

»Werden wir sehen, der Puls ist schwach, aber alles Weitere machen die Kollegen auf Intensiv.«

Sie bringen Lochner auf der Trage nach vorne. Für Niedenbrock wird es wohl die Blechbüchse werden. Der Notarzt hat seinen Tod festgestellt.

»Wolff, das zweite Basement. Wir müssen da rein!«

Erst jetzt bemerken wir, dass der schwere Schreibtisch ganz hinten in der Ecke beiseitegeschoben ist, der Teppich darunter weggeräumt und die große stählerne Platte des Bodentresors schon halb aufgeschoben wurde.

»Der ist offen, hier!«

Ich schiebe die Platte ganz zurück. Der Tresor ist leer, aber eine Treppe sehen wir nicht.

»Die zweite Kombination, Cordes erwähnte eine zweite Kombination, die zur Öffnung der Treppe notwendig ist. Wir haben die nicht und er sagte, die sei individuell änderbar!«

»Wart mal, Bettina.«

Zwei Männer sind gerade dabei, den dicken Niedenbrock in den Blechsarg zu legen. Ich bitte sie, noch zu warten.

»Na dann schau'n wir mal, ob der der Herr Anwalt gerade dabei war, das ›Sesam öffne dich‹ in Gang zu setzen.«

Ich ziehe mir die Nitrilhandschuhe über und greife ihm in die Jackentaschen, dann in die Hosen. Nichts. Auch in der Brusttasche des Anzughemdes ist nichts. Wäre ja auch zu leicht gewesen.

»Wolff, suchst du das hier?«

Hannah steht an dem Bücherregal hinter dem Schreibtisch und hält einen Zettel in der Hand.

»*4 rechts, 8 links, 5 rechts, 3 links und 9 rechts*!«

»Leute, ihr könnt ihn rausbringen, Hannah du gibst ein.«

Hannah wählt die Nummern an dem Kombinationsrad. Nach der letzten Ziffer gibt es einen leisen Knacks, dann ertönt ein Summen und der Boden des Tresors teilt sich, seine Plattenhälften fahren seitlich in den Betonboden. Und da ist sie dann, die vermutete Treppe. Sie ist schmal. Für den dicken Anwalt zu schmal. Oder sagen wir so, mit Hängen und Würgen und Baucheinziehen vielleicht. Nach dem Wegfahren der Stahlteile geht unten auch ein Licht an. Ich bitte zwei Männer vom SEK vorzugehen. Hannah und ich folgen. Am Ende des schmalen Ganges, der nach unten führt, kommen wir an die Stahltüre, die Bettina beschrieben hatte. Sie steht einen Spalt offen und die SEK-Leute gehen mit vorgehaltener Waffe hinein. Niemand ist in diesem Raum und die Kollegen geben uns ein Zeichen, ihnen zu folgen. Wir kommen in einen Raum mit einer Dusche, mit einer extra abgetrennten Toilette und mit leeren Regalen an der Wand. Zwischen zwei von diesen Regalen befinden sich ein Spültisch, wie er früher üblich war, und ein alter Herd. Gegenüber ist eine weitere Tür. Sie führt in einen kleineren Raum, in dem allerlei Gerümpel liegt. Darunter ein Leichensack, in dem jemand eingepackt ist. Der Sack ist zwar dicht verschlossen und noch mit Wachs versiegelt, aber wir riechen leichten Verwesungsgeruch. Eine Tür an der rechten Wand verrät einen weiteren Raum. Auch diese Tür ist nur angelehnt.

Der erste SEK-Mann geht hinein, sieht mit angehaltener Waffe nach rechts, dann nach links, dann dreht er sich um und winkt uns zu sich.

»Schnell, die Rettung!«

In den Räumen ist gleichzeitig mit dem Licht im Gang überall eine Beleuchtung angegangen. Ich gehe mit Hannah hinein. Wir stehen in einer Art Folterkammer. An den dunkel gestrichenen Wänden sind schwere Ösen aus Eisen mit Ketten darin befestigt. Peitschen und Gummistöcke hängen daneben. An einem Kleiderständer mit Rollen an den Füßen, wie er im Einzelhandel Verwendung findet, hängen eine ganze Menge Gummiklamotten. Eine Liege mit ledernen Fixierschnallen steht daneben, darauf liegen Knebel und andere bizarre Instrumente, die zur Pein des Opfers dienen. Es riecht vermodert und nach Urin. Der Raum hat nach links von der Tür aus noch eine Nische, in der, ... mir stockt der Atem, Verena Westheim an die Wand gekettet am Boden sitzt. Ihre Arme sind über dem Kopf an einem eisernen Ring an der Wand festgemacht. Sie ist mit einem Tuch geknebelt, ihr Kopf hängt nach vorne und ihre langen dunklen Haare hängen strähnig und fettig bis in ihren Schoß. Sie trägt nur ein dreckiges Hemd, sonst nichts. Neben ihr auf dem Boden steht ein Teller mit vergammeltem Essen und ein leerer Becher. Ihre ausgestreckten Beine sind an den Füßen mit einem Lederriemen gefesselt. Ihr Körper ist völlig verdreckt und an den Beinen sieht man Spuren von getrocknetem Blut. Sie musste wohl auch auf den Boden urinieren.

Ich erschrecke in Mark und Bein und Hannah hält die Hände vor ihr Gesicht.

»Sie lebt?«

»Sie hat sich gerade noch ein wenig bewegt«, flüstert der Kollege.

»Verena! Was ist geschehen?«

Hannah wagt es, sie anzusprechen und nimmt das Tuch aus ihrem Mund. Verena Westheim hebt ihren Kopf und wir ernten trotz vornüber gefallener Haare einen hasserfüllten Blick aus einem Gesicht mit stark eingefallenen Wangen. Sie versucht zu sprechen, aber es kommen nur unverständliche, röchelnde Laute aus ihrem Mund. Der zweite SEK-Mann ist bereits nach oben, um Hilfe zu holen.

»Hannah, schnell, Wasser, von da drüben.«

Ich knie mich hin und frage Verena, wie das passieren konnte. Ich meine, den Namen Niedenbrock von ihren ausgetrockneten Lippen zu entnehmen. Hannah hält ihr den Wasserbecher hin und die Westheim nippt erst langsam daran, dann nimmt sie Schluck für Schluck. Ich löse ihre Fesseln von der Wand, aber sie hat keine Kraft und kippt seitlich auf den dreckigen Boden.

Zwei Rettungssanitäter kommen herein und beginnen hastig mit ihrer Arbeit.

»Hannah, du fährst mit?«

»Ich mach' das, eine von uns sollte dabei sein, wenn sie in die Notaufnahme kommt.«

Es ist eine verdammt schwierige Aufgabe für die Sanitäter, Verena Westheim die schmale Treppe hoch zu transportieren, mit der Trage geht es gar nicht, sie müssen sie mit den Händen unter der Schulter und an den Beinen nehmen, aber es gibt definitiv keine andere Möglichkeit. Hannah folgt ihnen und Anh kommt anschließend herunter. Wir gehen in den kleineren Raum, in dem der Leichensack liegt.

»Anh, es hilft nichts, wir müssen den jetzt öffnen. Gut, dass du die Schutzkleidung mitgebracht hast, ich brauche auch neue Handschuhe.«

»Du ahnst, wer da drin ist?«

»Offen gestanden, nein.«

»Wir haben Klaus, wir haben Verena, den Lochner, Niedenbrock ist tot, wer fehlt uns noch aus dem Theaterstück?«

»Du meinst ...«

»Sehen wir rein!«

Wir ziehen unsere Masken auf, weil das unangenehm werden könnte.

»Wollen wir nicht doch auf die SPUSI warten?«

»Nein, die haben hier noch genug zu tun und ich will von hier unten wieder weg. Du machst die Fotos und ich mach' das Ding jetzt auf.«

Ich kratze mit meinem Taschenmesser erst das Wachs vom Reißverschluss und ziehe den dann auf. Übelster Geruch schlägt uns entgegen. Es ist ein sehr großer Mann, so viel können wir erkennen. Der muss da schon sehr lange drin sein. Ich habe den Mann noch nie gesehen, Anh ist sich nicht sicher, aber bei dem Verwesungszustand ist das auch nicht leicht.

»Das ist Machwitz, Oskar Machwitz«, ruft Bettina, die, ohne dass wir es bemerkt hatten, zu uns gekommen war.

»Das eine Auge hängt etwas, lass uns doch die Hände ansehen.«

Ich ziehe den Sack etwas weiter auf, bis die Hände zum Vorschein kommen.

»Ganz klar, so große Pratzen gibt es selten, ich lege mich fest, den Rest macht die Rechtsmedizin.«

»Der hat die Drecksarbeit von Niedenbrock gemacht und irgendwann musste er weg. Da, das sieht nach Einschüssen aus.«

»Dr. Rosser wird sich freuen, es gibt wieder genug Arbeit.«

Wir sind oben im Wohnzimmer.

»Wie geht es Harald? Wo ist er?«

»Den habe ich gerade verdonnert, sich mit dem Rettungswagen in die Klinik bringen zu lassen. Er wollte zwar nicht, aber ...«

»Sehr gut, Cem, das ist kein Spaß, so eine Schusswunde.«

»Schau her, Wolff. Die Waffe im Wohnzimmer ist eine Makarow, die gehörte wohl Niedenbrock. Ich lasse die gleich zur Untersuchung bringen.«

»Du meinst, er hat seinen eigenen Sohn getötet?«

»Das sieht so aus, aber sicher können wir erst sein, wenn die KTU dran war. Drüben im Schlafzimmer liegt die Glock19. Die ist auf ihn registriert, die Makarow nicht. Hannah hat ihn da durch das Fenster getroffen, da muss er die dann fallen gelassen haben. Geht alles ab zur KTU. Das gibt verdammt viel Arbeit.«

»Du erklärst mir auch gleich, wie sich alles abgespielt hat?«

»Nein Wolff, das überlasse ich dem ›Fuchs‹ hier vor mir!«

»Hoffentlich überleben Verena und der Lochner das, sonst sieht es nicht nach einer schnellen Aufklärung des Falles aus.«

Ilse und Dr. Ruschka kommen in die Villa. Cem hat sie informiert und Entwarnung gegeben.

»Wolff, Dr. Niedenbrock?«

»Ja, Herrmann, der hat wie wild um sich geschossen, Harald ist verletzt.«

»Hoffentlich nicht schlimm!«

»Nein, ein Streifschuss, er ist schon in der Klinik.«

»Wer hat ...«

»Den Niedenbrock? Das ist noch unklar. Hannah, Anh und Cem mussten ihre Waffen abgeben, alle drei haben ihn getroffen. Dr. Rosser muss uns die Antwort geben. Klemens Lochner wurde schwer verletzt, wahrscheinlich von Niedenbrock. Der hatte doch tatsächlich eine Makarow!«

»Mit der er seinen Sohn getötet hat?«

»Das muss erst untersucht werden. Wir haben Verena Westheim!«

Ich schildere kurz die Umstände, unter denen wir sie gefunden haben.

»Das ist ja entsetzlich. Wer hat die so zugerichtet?«

»Ich tippe auf den Anwalt. Der wollte an ihr Geld und sie weigerte sich, oder so ähnlich. Wenn die das überlebt, wissen wir mehr. Und wenn der Lochner das auch überlebt, wissen wir noch mehr, hoffentlich. Hannah ist bei Verena in der Klinik.«

»Und diese Apothekenangestellte?«

»Da wissen wir noch gar nichts.«

»Weder die Westheim noch der Lochner müssen Angaben machen, wenn sie irgendwas mit den Toten zu tun haben, Wolff.«

»Ich weiß, Herrmann. Aber ich habe da so eine Idee.«

Ich rufe Hannah an und bitte sie, nichts von Dr. Niedenbrock zu erzählen. Sollte Verena fragen, dann haben wir den verhaftet.

»Die fragt im Moment noch gar nichts.«

»Was sagen die Ärzte?«

»Sie ist lebensgefährlich ausgetrocknet, hat lange keine Nahrung mehr bekommen und hat mehrere entzündete Schnittverletzungen. Im Moment ist sie nicht ansprechbar. Ich bleibe noch, aber bitte schickt so in zwei Stunden eine Ablösung. Und nicht wieder solche Dilettanten wie beim letzten Mal.«

»Ich kümmere mich darum. Was ist mit dem Lochner? «

»Der ist im OP, Schussverletzung, da kannst du auch gleich eine Bewachung schicken, wenn der rauskommt. Wir wissen ja nicht, was der mit all dem überhaupt zu tun hatte.«

Die Spurensicherung ist bei der Arbeit und ich ziehe mich zurück. Ich gehe zu Fuß nach Hause, meinen Dienstwagen soll jemand anderes wegfahren. Ich bin froh, dass niemand von uns schlimmer verletzt wurde. Ja, das tut mir jetzt gut, so ein Fußmarsch. Jetzt muss ich ein Bier haben. Ich nehme eins aus unserem Kühlschrank und setze mich auf die Terrasse. Nena kommt nach Hause.

»Wolff, du siehst nicht gut aus, was ist? «

»Nena, mir sind das zu viele Leichen im Moment. «

Ich erzähle Nena von den Geschehnissen.

»Das ist ja furchtbar, ganz entsetzlich. Du, Wolff, ich war heute im Tierheim und habe einen Hund ausgeführt. Das war richtig gut und es hat mir Spaß gemacht. Und dem Tier auch.«

»Du mit einem Hund?«

»Ja. Das Studio hat zu und ich keine Arbeit. Ich will das jetzt öfter machen. Außerdem ist das Bewegung an der frischen Luft.«

»Das ist doch gut. Was war es für einer?«

»Keine Ahnung, irgendeine Mischung, aber er ist sehr lieb. Er heißt Miro.«

»Höre ich da ...«

»So eine Idee? Kann schon sein. Ich wäre sehr angetan und ...«

»Wir haben keinen Platz, Nena!«

»Ach, das würde schon gehen. Du ...«

»Ich muss nachdenken. Ich hatte noch nie einen Hund. Ich mag Hunde zwar, aber selber einen ...«

»Das lernst du schon.«

Dr. Rosser ist wieder im Dienst und er hat mich zu sich gebeten. Anh kommt mit nach Erlangen. Machwitz und der Niedenbrock liegen auf den Edelstahltischen. Die Füße von Machwitz ragen unten über die Fläche hinaus.

»Wolff Schmitt, seit ich Sie kenne, reißen meine Aufträge hier aus Erlangen nicht ab. Haben Sie nicht mal einen Fall mit nur einer Leiche?«

»Demnächst, Doktor, demnächst. Vielleicht.«

»Also. Der Große hier wurde erschossen. Von hinten. Zwei Einschüsse mit Kugeln 9 x 18 mm. Es war die Makarow, die Sie in der Villa gefunden haben, wie mir ihre KTU mitteilte. Den Spuren auf der Waffe nach, wurde sie von dem Herrn da drüben abgefeuert. Es sind nur seine Fingerabdrücke drauf. Übrigens, der junge Niedenbrock wurde mit derselben Waffe getötet!«

»Dann hat er seinen Sohn wirklich auf dem Gewissen?«

»Nun, wenn man einen anderen Tathergang in Betracht zieht, dann könnte natürlich ein anderer Täter geschossen und die Waffe dann sehr, sehr gründlich gereinigt haben, bevor sie Niedenbrock dann vor ein paar Tagen benutzt hat. Aber dafür gibt es keinerlei Hinweise. Und da sich der Herr Anwalt nicht mehr vor Gericht verantworten muss und irgendeiner seiner schlauen Kollegen auf dieser Schiene reitet, belassen wir es dabei. Auf der Mordwaffe sind nur Spuren von Niedenbrock.«

»Und Klemens Lochner?«

»Ja, auch dieser Lochner wurde mit der Makarow niedergestreckt, sagt die KTU. Ihr Kollege allerdings wurde mit der Glock19 verletzt. Den Bericht der Spurensicherung habe ich bekommen. Das Projektil wurde am Tatort neben den Garagen gefunden. Und die Einschläge an der Eingangsmauer stammen auch von der Glock.«

»Wie lange war der Machwitz in dem Sack?«

»Ich schätze zwei Monate. Der wäre noch mehr zersetzt, wenn man ihm nicht reinen Alkohol drüber geschüttet hätte, bevor er eingepackt wurde.«

»Aha. Das deckt sich mit dem Zeitpunkt, als Klaus Niedenbrock ermordet wurde.«

»So in etwa. Aber jetzt zu dem Herrn Anwalt. Sie werden seine Todesursache nicht erraten.«

»Anh, Hannah oder Cem, wer war es?«

»Keine oder keiner. Er hatte einen Herzinfarkt. Schau'n Sie sich doch diesen Fetthaufen an. Das war vorprogrammiert. Bei dem Stress in der Villa kam es eben dazu.«

»Aber ...«

»Es war so. Die erste Kugel traf ihn nur oben an der rechten Schulter.«

»Das muss deine gewesen sein, Anh, an der Haustüre!«

»Richtig. Der zweite Treffer ging in die gleiche Schulter weiter unten.«

»Das war Hannah. Und Cem traf ihn im Wohnzimmer, wo Niedenbrock noch nach dem Fallen Schüsse abgab.«

»Da hatte ihm sein Herz schon einen Streich gespielt, wodurch er fiel.«

»Und Cems Waffe?«

»Seine Schüsse waren nicht mehr tödlich, obwohl er gut gezielt hatte. Egal, wo er ihn traf, sehen Sie hier, hier und hier, der Infarkt war schneller und hat zwangsläufig und sofort zum Tod geführt.«

»Hannah und Cem werden aufatmen.«

»Und ich?«

»Anh, du warst gut und du hast ihn nur gestreift.«

»Das nächste Mal geht das besser!«

»Sag so was nicht. Auf einen Menschen schießen zu müssen, ist nie gut.«

»Okay. Manchmal bin ich übereifrig.«

»Dr. Rosser, Sie haben uns ein großes Stück weitergebracht. So, wie Sie es schildern, hat Niedenbrock seinen Sohn und den Machwitz getötet und wohl auch auf den Lochner geschossen. Aber wer die Stemmermeier umgebracht hat, das müssen wir noch herausfinden. Und wer genau die Westheim so zugerichtet hat. Da sehe ich nur Lochner oder Niedenbrock als Täter, oder beide. Aber warum?«

Zehn Tage später. Es ist tiefer November geworden. Das Amtsgericht Erlangen hat angerufen und nachgefragt, ob wir die Nachlassakte noch benötigen, die wäre jetzt wieder da, aber sie müssten erst noch eine weitere Akte anlegen, es sei eine Klage eingegangen, das wäre Ende September gewesen. Gut. Amtsgericht Erlangen und Schnelligkeit.

»Was für eine Klage, Bettina?«

»Der Cousin aus den USA hat eine Anfechtungsklage einreichen lassen. Die Dame war recht redselig. Der hat von der Ermordung seines Verwandten erfahren und durch eine Anwaltskanzlei Akteneinsicht beantragt. Die haben dann gleich geklagt.«

»Ist er in Deutschland?«

»Nein Wolff, der ist jetzt in Sedona.«

»Dann ist das schöne Erbe doch noch weg!«

»Das kann passieren. Und noch was, die fragte mich, ob ich mich noch an die Vollmacht von der Westheim für den Dr. Niedenbrock erinnern kann. Irgendwie hatte sie was im Hinterkopf, dass die nur schriftlich, aber nicht notariell war. Und jetzt sei auf einmal eine beglaubigte Vollmacht drin. Der Niedenbrock hatte die Akte irgendwann im August zurückgegeben. Im September ging sie an die Anwälte des Cousins. Nach der Klage, von der der Bevollmächtigte zu informieren war, hat der Anwalt der Westheim noch einmal Akteneinsicht beantragt. Und jetzt sei ihr das aufgefallen. Und sie hat recht, ich kann mich an die Vollmacht von damals noch erinnern, die war nicht beglaubigt und recht beschränkt, während die neue Vollmacht umfassend ist.«

»Der hat Verena so lange gefoltert, bis sie unterzeichnet hat?«

»Möglich, wir sollten sie fragen. Ist sie noch in Erlangen in der Klinik?«

»Ja, streng bewacht. Ich muss zu ihr.«

Hannah wollte mich begleiten, aber ich möchte Verena Westheim alleine befragen. Ich gehe am nächsten Tag zu Fuß in die Medizinische Klinik. Diesmal sind es zwei Kolleginnen, die vor dem Patientenzimmer Platz genommen haben. Es soll nicht wieder was passieren, wenn eine mal kurz raus muss. Ich klopfe höflich an die Türe und trete ein. Verena ist mit einer Hand mittels Handschellen am Bettrahmen fixiert, sie erblickt mich und lächelt. Es ist ein gekonnt falsches Lächeln. Die Strapazen der vergangenen Wochen sieht man ihr noch stark an

»Ach, Wolff, der schöne Kommissar. Trainierst du noch? Ach, grad ja nicht. Blöd auch. Du Mistvieh, wegen dir war ich im Knast, scheiße war das da.«

»Wegen mir lebst du noch. Dieses Loch hättest du nicht überlebt. Übrigens, Klemens Lochner, der liegt einen Gang weiter. Dein netter Anwalt hat ihn niedergeschossen!«

Sie reißt erst die Augen ungläubig auf, dann lächelt sie in sich hinein.

»Diese miese Ratte, genau das habe ich ihm gewünscht! Das ist ein übler Sadist. Aber da ist ja auch noch der Klaus, der ist nach Reunion vorausgeflogen, um uns eine Unterkunft zu besorgen. Der hätte mir wieder geholfen.«

»Du weißt es also nicht?«

»Was weiß ich nicht!«

»So wie es aussieht, hat Niedenbrock seinen Sohn Klaus erschossen.«

Jetzt sehe ich Entsetzen in ihrem Gesicht.

»Verena, die hätten dich da unten verrecken lassen, aus welchem Grund auch immer. Du hast also nachgegeben und die Vollmacht unterschrieben?«

»Welche Vollmacht? Ich habe mich immer geweigert. Niedenbrock hat mich gedrängt, aber ich habe nein gesagt.«

»Willst du mir die Geschichte seit deiner Flucht erzählen? Ich habe viel Zeit mitgebracht.«

»Was soll mir das bringen? Ich sitze bald wieder in der Zelle, aus der ich nicht wieder herauskomme.«

»Ich muss wissen, was geschehen ist. Wir haben fünf Tote und ich werde viele Fragen beantworten müssen. Wenn du nichts damit zu tun hast, gibt es vielleicht eine Möglichkeit ...«

»Leere Versprechen, wie immer! Warum ist Hannah nicht da? Und warum fünf Tote?«

»Dazu später. Ich wollte alleine ...«

»Alleine mit mir sein? Sieh mich an, ich war halb tot!«

»Nein, so war das nicht gemeint. Ich will das einfach unter vier Augen besprechen.«

»Also gut. Welche Möglichkeit?«

»Die Sicherungsverwahrung.«

»Oh, also nur etwa noch 14 Jahre?«

»Immerhin etwas.«

Verena beginnt zu erzählen. Es war im April, als Klaus Niedenbrock die Erlaubnis erhielt, sie im Gefängnis zu besuchen. Sein Alter hätte da kräftig nachgeholfen. Er habe sich was ausgedacht, um sie da herauszuholen. Er selbst könne zwar nicht mit ihr kommunizieren, aber sein Vater würde das machen und der würde mithelfen. Wegen seiner Schweigepflicht müsse er keinerlei Fragen beantworten, sollte da was kommen.

»Das haben wir zu spüren bekommen. Weiter.«

Verena fährt fort. Der Klaus habe da noch einen alten Kumpel, der könne einen Rettungswagen organisieren, der für seinen Plan notwendig sei. Nur müsse ich irgendwie in die Klinik. Nun saß sie ja in einem Frauengefängnis und da waren natürlich auch ›alte Hasen‹, die so einige Tricks kannten. Die Blinddarmentzündung war so ein Trick. Wenn der dann umsonst rausgeschnitten würde, wäre nichts verloren. Für die Blutwerte brauchte sie eine Blasenentzündung und die restlichen Symptome konnte keiner prüfen. Es sei schon eine eklige Sache gewesen, das mit der Blasenentzündung, aber vorausschauend auf lebenslänglich ein Klacks. Fieber zu simulieren, sei im Knast ein übliches Handwerkszeug. Ihr Anwalt hätte versprochen, dass er sich um Pässe kümmere, die sie und Klaus ins Ausland brächten. Geld wäre genug da.

»Und so kamen wir dann in dieses Kaff, Gräfenheim oder so ähnlich. Eine scheiß Wohnung war das und der Klaus wollte dauernd mit mir ins Bett. An einem Abend hat er fürchterlich gesoffen, weil wir gestritten haben, und ein Mann hat ihn zurückgebracht.«

»Das war ein Polizist!«

»Scheiße, der war aber in Zivil.«

»Er hat dich nicht erkannt.«

»Und dann kam dauernd der Klemens, der sein Geld wollte. Aber wir hatten es nicht und Niedenbrock zahlte auch nicht. Klemens gab mir seine Kontonummer, aber ich sagte, dass das nur bar gehe, er müsse noch warten. Irgendwann machte er so komische Andeutungen und wir beschlossen, unterzutauchen.«

»In das Verlies?«

»Ja, Ullrich hatte das vor langem zu so einem Sadomasodings umgebaut, wo er sich von mir behandeln ließ. Ich hasste das und manchmal hat er deswegen auch Professionelle bestellt. Eigentlich konnten wir uns in der Villa aufhalten, nur wenn es brenzlich werden sollte, konnten wir da hinunter.«

»Du weißt, dass die Stemmermeier tot ist?«

»Nein, bitte nicht! Wieso das? Die hat mir geholfen, die war in der Villa!«

»Das haben wir schon gehört.«

Verena erzählt, dass diese Blasenentzündung nie ganz weg war und so Mitte Juni richtig akut wurde. Einen Arzt konnte man nicht konsultieren, aber wozu hatte man vier Apotheken. Sie dachte an Birgit und der alte Niedenbrock orderte. Er musste natürlich reinen Wein einschenken, aber sie waren sich sicher, dass Birgit dicht hielt. Man versprach ihr ein wenig Koks, von dem im Verlies noch genügend da war.

Birgit brachte Antibiotika und Niedenbrock gab ihr ein Röhrchen.

»Ich halt dir die Daumen, Verena, hat sie zu mir gesagt. Dann ist sie in einen Wagen gestiegen. Ich war ganz schön leichtsinnig und habe sie unter der Haustüre verabschiedet.«

»Wann war das genau?«

»Das weiß ich nicht mehr. Anfang Juli vielleicht. Bevor ich es vergesse, da war ja auch immer dieser Oskar, ein ekelhafter Typ, den der Niedenbrock angeschleppt hatte. Aber letztlich musste einer die Arbeit machen, wenn Niedenbrock nicht da war, ich konnte ja nicht raus.«

»Was war in dem Röhrchen?«

»Kokain! Birgit war immer noch scharf darauf!«

»Birgit Stemmermeier ist am 5. Juli nachts an einer Atropinvergiftung gestorben.«

»Nein, das kann nicht sein. Das Zeug war sauber. Ich habe auch davon genascht!«

»Du weißt ...«

»Ja, dass ich immun bin. Wir hatten noch so 200 Gramm unten und Klaus, selbst sein Vater haben ab und zu ...«

»Und das Atropin, wo kommt das her?«

»Keine Ahnung. Ich war im Knast, vergessen? Der Niedenbrock war in der Villa, zusammen mit seinem Wachhund, dem Machwitz, keine Ahnung, was da noch so rumlag.«

»Sie hat dich gesehen und Niedenbrock war das nicht recht. Er gab ihr das Röhrchen, sagst du?«

»Ja, er hatte das oben im Schreibtisch.«

»Was war mit der Vollmacht?«

»Der hat mich immer wieder gedrängt, ihm eine andere Vollmacht zu geben. Er hätte einen befreundeten Notar, der würde das machen. Wir müssten auch einiges verkaufen, mindestens zwei der Apotheken, denn wenn wir nach Reunion kämen, müsste genug Geld da sein. Ich wollte das nicht, denn auf den Konten war genug Kohle, das habe ich mir zeigen lassen.«

»Wann flog Klaus angeblich nach Reunion?«

»Das muss so Ende August gewesen sein.«

»Hast du Gregory Goodwin gesehen oder hattest du Kontakt mit ihm? Der war mit der Birgit immer im Studio zusammen.«

»Oh, der Depp der blöde. Jetzt fällt es mir wieder ein. Niedenbrock fragte mich nach ihm, beziehungsweise nach einem alten Verehrer, der behauptete, mich gesehen zu haben, hier in der Villa. Er würde drohen, mich zu verraten, wenn er nicht 100.000 bekäme. Dem müsse man eine Abreibung verpassen. Niedenbrock überredete mich, ihn anzurufen und ein Treffen wegen der Kohle auszumachen. Gut, sagte ich. Das müsste dann Gregory am Telefon gewesen sein. Ich wollte da natürlich nicht hin.«

»Wo?«

»Hinter das Tierheim.«

»Möglicherweise war es Gregory, der Birgit zur Villa gefahren hat, als sie dir die Medikamente gebracht hat. Gregory wurde hinter dem Tierheim an der Bahn am 18. August von Oskar Machwitz brutal getötet und grausamst zerstückelt!«

»Scheiße, es hieß, eine Abreibung verpassen, nichts anderes.«

»Hat ganz übel ausgesehen, der Typ.«

»Dann muss das Klaus mitbekommen haben. Er meinte, dass wir hier nicht ewig bleiben könnten. Das würde ihm zu heiß. Außerdem traue er weder seinem Vater noch dem Machwitz. Ich erzählte ihm von der Sache mit der Vollmacht und er wurde wütend. Sein Alter war schon immer ein Schwein und der führte was im Schilde, meinte er. Dann ging er hinauf. An der Tür ging die Glocke und die oben verschlossen den Abgang zum Keller.«

»Dann muss ich davon ausgehen, dass er im Streit mit seinem Vater von diesem erschossen wurde. Er kam nicht mehr zurück?«

»Nein. Es hieß, er müsse erst die falschen Pässe abholen und dann gleich zum Flughafen, um alles für uns auf Reunion vorzubereiten. Es kam dann nur noch Machwitz zu mir herunter, nach oben durfte ich nicht mehr, weil die Villa angeblich observiert würde.«

»Machwitz war dann auch weg, oder?«

»Stimmt. Da war mal so ein Geklopfe und Gewumme, sehr früh, irgendjemand hat ständig an

Wände geklopft, das habe ich bis hier unten gehört. Und da war der Machwitz noch mit hier unten.«

»Das waren wir. Wir hatten eine Hausdurchsuchung, weil wir den Machwitz als Mörder von Goodwin überführt hatten. Wir konnten natürlich nicht wissen, dass es einen zweiten Keller gab. Was war dann mit dem Machwitz?«

»Der war danach weg.«

»Als wir dich fanden, lag er in dem kleineren Raum unten im Leichensack. Erschossen von Niedenbrock.«

»Ganz ehrlich, ich weine dem nicht nach. Er hat mich zwar nicht angefasst, aber er war ekelhaft.«

Ein Pfleger kommt herein und stellt das Abendessen auf den Tisch. Er fragt mich, ob ich vielleicht auch etwas haben möchte, aber ich habe jetzt keinen Hunger. Ein Bier wäre recht ...

»Was war dann weiter?«

»Und dann begann für mich das Martyrium. Es kam niemand mehr runter zu mir. Es gab Wasser, gut, aber das war es. Tagelang hatte ich nichts zu essen. Dann stand öfter ein Teller auf der Treppe. Ich glaube, es war Hundefutter. Das hat mich am Leben gehalten. Bis er dann kam.«

»Er?«

»Klemens Lochner.«

»Aha, wie kam der ins Spiel?«

»Das weiß ich nicht. Jedenfalls stand er plötzlich dort unten. Er schlug mich ohne Ankündigung, riss mir die Kleider vom Leib, trat mir in den Unterleib und dann fesselte er mich an diesen Eisenring, wo ihr mich dann schließlich gefunden habt. Am nächsten Morgen gab es etwas zu essen.«

Verena schildert, dass Lochner wohl die Funktion von Machwitz übernommen hatte. Jetzt war ihr auch klar, dass der fette Niedenbrock nicht über die schmale Treppe herunterkonnte. Er wäre einfach steckengeblieben. Sie hatte kein Zeitgefühl mehr und die meiste Zeit saß sie angekettet im Dunklen. Lochner bedrängte sie, doch endlich der Vollmacht für den Niedenbrock zuzustimmen, manchmal nur mit Worten, manchmal mit Schlägen und manchmal ritzte er sie einfach mit einem Taschenmesser. Er fasste sie überall an, weil sie sich nicht wehren konnte. Sie weigerte sich wegen der Vollmacht immer noch. Dann bekam sie immer weniger zu essen und nur so viel Wasser, dass es zum Überleben reichte. Sie saß in ihrem eigenen Dreck und musste auf den Boden urinieren. Von dem anderen Bedürfnis ganz zu schweigen.

»Ich weiß nicht mehr genau, wie lange das so ging, ich vegetierte nur noch dahin, aber es müssen wohl drei, vier Wochen gewesen sein, bis dann niemand mehr kam. Ich hatte mit meinem Leben abgeschlossen. Dann kamst du mit Hannah.«

Es ist neun Uhr abends geworden.

»In deiner Nachlassakte ist eine notarielle Vollmacht. Du hast also irgendwann doch unterschrieben und dann brauchte der Niedenbrock dich nicht mehr.«

»Nein. Ich habe nichts unterzeichnet und an einen Notar kann ich mich auch nicht erinnern. Ganz sicher!«

»Das klären wir. Die Informationen haben wir schließlich erst gestern erhalten. Was mir durch den Kopf gegangen ist, wir hatten ja nach dir gefahndet. Ich kann mir vorstellen, dass Niedenbrock die Stemmermeier und den Goodwin auch aus dem Grund beseitigt hat, um den Verdacht auf dich zu lenken. Also, sofern du mir gerade die Wahrheit gesagt hast. Man sollte glauben, dass du draußen irgendwo herumspazierst.«

»Nach dem, was du mir heute gesagt hast, traue ich dem Schwein alles zu.«

»Verena, du warst nicht die treibende Kraft hinter den Morden?«

»Nein. Ich vermute, dass sich der alte Niedenbrock alles ausgedacht hat, dass er auch meine Flucht geplant hat, um an mein Geld zu kommen. Im Knast konnte er mir ja wenig schaden, also im Normalfall. Als er dann feststellte, dass ich hart bleibe, ging es mir an den Kragen. Wo ist der überhaupt, ihr habt den doch verhaftet?«

»Nein, Verena. Er ist tot.«

»Dieses miese Schwein hat nichts anderes verdient! Wer ...«

»Nein. Es gab zwar eine Schießerei, bevor wir dich gefunden haben, und er wurde auch getroffen, aber die Todesursache war ein Infarkt.«

»Egal, Hauptsache, der ist weg. Kannst du was für mich tun?«

»Verena, du hast Menschen umgebracht, die dir nichts getan hatten. Ich meine die Bendorfs, du weißt. Dein Mann war grausam zu dir, was aber den Mord an ihm nicht rechtfertigt. Ich kann nur etwas für dich tun, wenn du mir jetzt und heute die ganze Wahrheit gesagt hast. Wir müssen den Lochner noch vernehmen. Wenn er dich nur ein wenig belasten kann, dann gibt es keine Möglichkeiten.«

»Wolff, es ist die Wahrheit, wirklich! Lügen nützt mir in meiner Situation nichts. Bitte, tu etwas für mich.«

»Ich rede mit dem Chef darüber. «

Wir sitzen im Präsidium im großen Raum. Bettina, Harald, Hannah und ich. Ich berichte von meinem Gespräch mit Verena.

»Wolff, dann hat sie dich doch belogen. In der Akte ist eine notarielle Vollmacht.«

»Bettina, meinst du, dass ein Notar das macht, wenn er Verena in dem Zustand antrifft? Der ruft doch gleich die Polizei!«

»Außer er war dick mit dem dicken Niedenbrock.«

»Leute, ich kann mir das nicht vorstellen. Bettina, lass dir ein Fax oder einen Scan von der Unterschrift der Westheim aus Erlangen kommen.«

»Moment, das mach' ich gleich, ich hab' die Durchwahl.«

»Wolff, wenn es dir nichts ausmacht, würden ich und Anh den Lochner vernehmen, der ist seit heute in der JVA auf der Krankenstation. Haftbefehl wurde erlassen.«

»Harald, ihr macht das, einverstanden.«

Bettina kommt zurück. Sie hält zwei Papiere in der Hand.

»Hier, das ist das Fax aus Erlangen und da ist ihre Unterschrift unter ihrem Geständnis vom letzten Jahr. Sieht schon ähnlich aus.«

»Zeig mal her.«

»Stimmt. Ähnlich, aber nicht gleich. Wolff, was meinst du?«

»Nix Hannah. Geh rüber zum Betrugsdezernat, die haben einen Spezialisten.«

»Wolff, kannst du das machen, das ist der …«
»Ui, aha, der! Dann mach' ich das jetzt.«

Der Kollege sieht sich die Unterschriften an, hält sie übereinander, gegen das Licht, dann fährt er die Linien mit einer dicken Nadel nach, bis er mir die Papiere wieder hinlegt.«
»Also, Herr Schmitt, es gibt natürlich noch feinere Untersuchungen, aber ich kann schon jetzt sagen, schön abgemalt. Wenn das hier die nachweisbar authentische Unterschrift ist, dann hat jemand die hier auf dem Fax schön abgemalt, im Januar.«
»Im Januar?«
»Na hier, das Datum der Urkunde ist doch mit drauf!«
Ich Hornochse, das hätte mir auffallen müssen. Dann ist alles klar.
»Dann haben Sie uns schon geholfen. Die Unterschrift ist nicht nur gefälscht, sondern die Urkunde auch noch rückdatiert, vielen Dank. Äh, noch eine Kleinigkeit, Hannah de Fries will nicht mehr gestört werden, verstanden? Sie wohnt nicht mehr alleine und ich kann sehr unangenehm werden. Alles klar, Kollege?«

Klemens Lochner liegt in einem Einzelzimmer in der JVA. Harald und Anh sind bei ihm. Kurz vor unserem Eintreffen an der Villa wurde zweimal auf ihn geschossen. Er erlitt einen Streifschuss am Kopf, wovon er bewusstlos wurde und zu Boden ging. Der zweite Schuss ging in die linke Schulter, wo die Kugel steckenblieb.

»Herr Lochner, Ihnen wurde ja schon eröffnet, was man Ihnen zur Last legt.«

»Ich habe nicht gewusst, dass diese Verena befreit wird, das habe ich doch schon beim letzten Mal gesagt.«

»Tut mir leid, aber das glaubt Ihnen jetzt niemand mehr.«

»Und nach unseren jetzigen Erkenntnissen werden wir auch noch Anklage wegen Freiheitsentziehung, Nötigung, versuchter Erpressung, gefährlicher Körperverletzung und ...«

»Junge Frau, das beweisen Sie mir erst noch ...«

»... und wegen Mordversuch erheben.«

»Jetzt reicht das. Das ist idiotisch.«

»Herr Lochner, Verena Westheim lebt und wir haben ihre Aussage.«

Lochner wird blaß.

»Jetzt staunen Sie. Ich sage es ganz offen, Sie können schweigen, das ist Ihr Recht. Aber wir haben zwei Morde, bei denen der Tathergang noch unklar ist. Und da könnte neben dem Mordversuch an Verena Westheim auch noch der eine oder andere Mord herausspringen.«

»Nein, nein, nein. Da haben Sie schlechte Karten.«

»Haben wir nicht. Oskar Machwitz wurde eingepackt in einem Leichensack im Keller gefunden. Genauer gesagt, im Verlies. Sie wussten das.«

»Damit habe ich nichts zu schaffen.«

»Das werden wir noch sehen.«

»Kommen wir zu Ihrem Freund Klaus Niedenbrock. Da wird es schon wärmer, oder? Der wurde gefunden, als Sie schon fleißig in der Villa am Werkeln waren.«

»Nein. Davon wusste ich nichts. Sie haben mir doch erst vom Tod von Klaus erzählt.«

»Packen Sie aus! Es kann für Sie nur besser werden! Sie wissen, wer Angaben verweigert, der darf nicht schlechter behandelt werden. Aber wer redet, der wird im Urteil belohnt.«

Lochner entscheidet sich nach langem Hin und Her für Reden.

Niedenbrock Junior konnte es nicht ertragen, dass ›seine‹ Verena lebenslänglich einsitzt. Er sprach mit seinem Vater und der war nicht abgeneigt. Also wurde die Sache im April 2020 geplant. Niedenbrock Senior übernahm die Korrespondenz mit Verena und die zeitliche Abstimmung. »Das kostet das Mädel aber einiges«, soll er gesagt haben. Als Lochner nach der Flucht sein Geld nicht bekam, drohte er Klaus, alles auffliegen zu lassen. Dann waren der und Verena verschwunden. Das wollte Lochner nicht akzeptieren und rief den alten Niedenbrock wegen seiner 5000 Euro immer wieder in der Kanzlei an. Der vertröstete ihn, er müsse das erst in die Wege leiten. So Ende September passte er den Anwalt vor der Kanzlei ab und folgte ihm mit dem Wagen. So kam er zur Villa. Er forderte von Niedenbrock erneut sein Geld. Der machte ihm überraschend das Angebot, auf das Haus aufzupassen und nach dem Rechten zu sehen. Lochner nahm an. Dann fragte er nach Klaus. Der Klaus sei in Übersee und suche für sich und Verena ein Versteck. Wo denn Verena sei, wollte Klemens wissen. Die hätte ein gutes Versteck gefunden. Dann kam unsere Vernehmung dazwischen, bei der Lochner vom Tod von Klaus Niedenbrock erfuhr. Er beschwerte sich erst, dass Niedenbrock ihn nicht bei der Vernehmung unterstützte, dann stellte er ihn wegen Klaus zur Rede. »Pass auf, Lochner«, hätte Niedenbrock gesagt, »willst du so richtig reich werden? Also nicht 5000, nicht 10.000, sondern ein, zwei Millionen?« Das wäre kurzfristig machbar. Lochner konnte nicht widerstehen und Niedenbrock weihte ihn ein. Er müsse Verena zu einer Unterschrift unter eine Vollmacht bringen, weil es sonst nichts werden würde mit dem vielen Geld. Aber die blöde Kuh würde sich weigern. Niedenbrock zeigte Lochner das Verlies. Niedenbrock hielt sie da unten gefangen und stellte ihr das Essen auf die Treppe, weil er zu fett war, runterzugehen. Wasser war ja unten. Lochner ging hinunter und fand die stark angeschlagene Westheim. Er beschloss, die Situation für sie noch zu verschlimmern, damit sie nachgäbe. Er fesselte sie an den Eisenring.

»Sie geben also zu, Verena Westheim gefoltert zu haben?«

Er gibt schließlich zu, ihr Essen und Trinken praktisch verweigert zu haben, und dass er ihr nur so viel gab, dass sie gerade noch lebte. Lochner erzählt von Machwitz, der Leichensack war nicht zu übersehen. Der lag lange im Waschkeller und Lochner schaffte ihn eine Etage tiefer in das Verlies. Niedenbrock hatte ihn erschossen, nachdem der seinen Sohn im Wald verscharrt hatte und in die Villa zurückkam. Der wusste nach dem Mord an Goodwin und Klaus einfach zu viel. Das mit seinem Sohn täte ihm leid, soll Niedenbrock gesagt haben, aber der hätte gedroht, alles auffliegen zu lassen, als er von dem Mord an Goodwin hörte. Sie hätten heftig gestritten und Niedenbrock hätte die Nerven verloren und geschossen. Lochner war also der Gefängniswärter im Verlies der Villa. Irgendwann kam ein Brief vom Amtsgericht Erlangen. Der Anwalt schrie und tobte. Was dem Ami einfallen würde, so eine Klage einzureichen. Das sei sein Geld, er würde das beanspruchen und nicht dem Cousin überlassen. »Lochner, das muss jetzt alles schnell gehen. Die da unten muss unterschreiben, sonst ist die Kohle weg«, soll er geschrien haben. Lochner ging nach unten und zog sein Taschenmesser. Sie wollte nicht. Lochner erlag der Versuchung, Verena in ihrer hilflosen Situation intim anzufassen.

Verena spuckte ihm ins Gesicht, woraufhin er zuschlug, mehrfach, immer wieder. Einen Tag später rauschte Niedenbrock mit seinem Wagen davon und kam erst spät abends wieder zurück. »Alles erledigt«, sagte er, »die Vollmacht habe ich und die Alte da unten soll verrecken. Du gehst da nicht mehr hinunter.« Verstanden hatte Lochner das mit der Vollmacht nicht und es war ihm auch nicht recht, Verena da unten gar nicht mehr zu sehen. Insgeheim genoss er es nämlich, diese schöne, aber hilflose Frau anzufassen. Es erregte ihn immer mehr und dabei sollte es nicht bleiben. Aber Niedenbrock hatte die zweite Kombination für den Safe geändert. Fast eine Woche war Verena hilflos an der Wand gefesselt. An dem Tag der Schießerei sagte Niedenbrock, dass sie die Villa jetzt verlassen würden.

»Lochner, du bekommst dein Geld, wenn ich alles verkauft habe, und gut ist es. Du gehst noch durch das Haus und schaust, dass alles unbewohnt aussieht, dann kommst du sofort in die Kanzlei, sofort. Ich fahre voraus. Hier auf dem Zettel ist die Kombination, du wartest noch eine Woche und dann schaffst du das Weib weg, verstanden?«

Als Niedenbrock draußen war, öffnete Lochner den Bodentresor. Wenn die da unten noch nicht tot war, dann musste er sie rausholen. Nein, jemanden sterben lassen, das konnte er nicht. Aber Niedenbrock hatte etwas vergessen und stand plötzlich hinter ihm. »Du gehst da nicht mehr rein, habe ich gesagt«, rief Niedenbrock, »weg von der Treppe«, dann zog der Anwalt eine Pistole und schoss auf Klemens Lochner. Das waren die Schüsse, die die Nachbarsoma hörte.

Gegen den Notar, der mit Niedenbrock sehr eng befreundet war, erging Haftbefehl wegen Falschbeurkundung im Amt. Sie hatten zusammen die Urkunde gefälscht und rückdatiert. Niedenbrock hatte seinem Freund viel Geld versprochen. Niedenbrock tauschte die Urkunden in der Nachlassakte aus und sendete sie zurück. Die Klage des Cousins war erfolgreich und er erbte das gesamte Vermögen.

Frédérique saß nur etwa zwei Wochen im Frauengefängnis in Nürnberg. Nachdem sie mit Fieber auf der Krankenstation isoliert werden musste, war sie von dort über Nacht spurlos verschwunden. Später kam ein Brief zu uns ins Präsidium mit nur einer Zeile. »*Danke, Frédérique*«. Dr. Ruschka schmunzelte nur.

Nena und ich sind glücklich. Mit einem kleinen Hund, der Miro heißt.

ENDE

Bisher erschienen:

Gerd Hans Schmidt

Mord in der Harrer-Klinik

Ein Frankenkrimi

Ein operierter Hauptkommissar der Nürnberger Mordkommission beobachtet in der Klinik einen heftigen Streit zwischen einem Mann und einer Frau, kann die Beteiligten aber nicht erkennen. Am nächsten Tag wird dort eine junge Frau tot aufgefunden. Offenbar wurde der Polizist von dem Mörder gesehen, da dieser jetzt Jagd auf den Zeugen macht, um ihn zu beseitigen. Auf den Kommissar werden zwei Mordanschläge verübt, die fehlschlagen. Es erhärtet sich der Verdacht, dass ein mächtiger Pharmakonzern den Mord beauftragt hatte. Die Tote war dort Pharmareferentin und nahm es mit der Verschwiegenheit nicht so genau. Nach spannenden, aber ergebnislosen Ermittlungen dreht der Kommissar den Spieß um und jagt den Mörder.

Gerd Hans Schmidt

Zuckerrübenmord

Ein Frankenkrimi

Engelsdorfer Verlag

Ein neuer Fall für Hauptkommissar Schmitt und sein Team von der Nürnberger Mordkommission. Ein hoher Beamter einer EU-Behörde in Nürnberg wird bei einer Feier auf Schloss Atzelsberg nördlich von Erlangen ermordet. Das Ministerium besteht darauf, dass Schmitt und seine Leute ermitteln. Die Tatwaffe gibt den Kommissaren Wolff Schmitt, Ilse Merkel und Herbert Wagner Rätsel auf, ebenso das Motiv. Gibt es ein privates Motiv oder ist der Beamte jemandem wegen seiner Tätigkeit in die Quere gekommen? Er war maßgeblich mit der Vergabe von Agrarsubventionen in Millionenhöhe betraut. Es stellt sich heraus, dass Prof. Dr. Hans Habermüller wohl hinter einen gigantischen Subventionsbetrug gekommen war. Oder wurde er doch wegen seiner Beziehung zu einer verheirateten Frau getötet? Während der Ermittlungen zeigen sich plötzlich Verbindungen bis in die höchsten Kreise der Politik. Der 'Fuchs' Wolff Schmitt hat einen konkreten Verdacht und ersinnt einen genialen Plan zur Überführung der Täter.

Hauptkommissar Wolff Schmitt trainiert im Fitnessstudio in Erlangen. Und nebenan auf dem Altstädter Friedhof liegt eine Leiche. Eiskalt ermordet. Schmitt muss in einem komplizierten Fall ermitteln und gleichzeitig erfährt sein Liebesleben ungeahnte Höhepunkte ...